初春神嫁噺

舞姫は十二支様のおもてなし役

中　村　朱　里

S Y U R I　N A K A M U R A

一迅社文庫アイリス

CONTENTS

タマ

当代の環姫役を担っている娘。本来、御社では「環姫」としか呼ばれないのだが、ミケから「タマ」という愛称をつけられている。天然気質で、ドジを踏むことは多いが、舞だけは神々が賞賛するほどの腕前。

ミケ

裁彦役を担っている、年齢不詳の美貌の青年。十二支の護衛が仕事なのに、タマの周囲にいることが多い。他の者には「裁彦」と呼ぶように言っているが、タマにだけは「ミケ」と呼ばせている。

用語説明

- 高天原「たかまがはら」
  神々が住む地のこと。
- 中津国「なかつくに」
  人間が住む地のこと。

たすき

次代の環姫役を担う少女。完璧な環姫役となるべく修練してきたため、一人でなんでもこなせるほど有能。

亥神

十二支と呼ばれる神々の一柱。現在の御社の主として、タマに世話を焼かれている。偉丈夫な男神で、気安く親しみやすい神。

舞姫は十二支様のおもてなし役

初春神嫁噺《はつはるかみよめばなし》

CHARACTERS

黄泉国「よみのくに」
死者が住む地のこと。

時知不山「ときしらぬやま」
中津国の中でもっとも高天原に近い神域。

十二支「じゅうにし」
高天原から降り立ち、中津国を守護する役目を負っている十二の神々。一年ごとに一柱が降り立ち、十二年で一巡りする。

御社「おやしろ」
時知不山にある、十二支が滞在する館。

環姫役「たまきやく」
十二支が一巡する十二年間、御社に滞在する十二支をもてなす役目を担う娘。七歳の師走に御社に向かい、二十歳になったら御社を去らなければならない。

裁彦役「たつひこやく」
十二支の護衛と中津国の穢れを祓う役目を担う者。環姫役とは異なり代替わりすることはない。

たすき役
環姫役の後継者となる少女。

イラストレーション◆ノズ

序章　いろはにほへと　ちりぬるを

さあ、いよいよだ。

期待、緊張、不安、それからひとさじ程度のさびしさを改めてかみ締めて、タマは隣に立つ青年に気付かれないようにきゅっと両手を握り締める。

この時不知山《ときしらぬやま》と呼ばれる神域で日々を数えて、十二年。自分は新年を迎えれば二十になる娘だ。タマと呼ばれることに慣れてはいるが、両親より授けられた真名はもちろん異なる。〝タマ〟という愛称は、自身の役目から、隣に立つ青年――タマが〝ミケ様〟と呼ぶ彼が付けてくれたものだ。

〝タマ〟と呼ばれ、〝ミケ様〟と応え続けた日々が、改めて思い出される。

――長かったのかしら。

――それとも、あっという間だったのかしら。

そう内心で呟《つぶや》くとほぼ同時に、目の前にそびえ立つ大鳥居が淡く輝く。

一拍置いて、さく、と、降り積もっていた雪を踏み締めて、大鳥居をくぐってくる小さな影。

ああ、と、タマは自分でもどう表現したらいいのか解らない吐息をもらした。

「当代環姫《たまき》役様、裁彦《たつひこ》役様におかれましては、お初にお目もじつかまつります。当代たすき役、参上つかまつりましてございまする」

幼く愛らしい声だ。けれど同時に、凛《りん》と透き通る、美しい声でもある。

深々と頭を下げている少女は、こちらの返事を待っている。十二年前の、タマと同じように。

あの時タマは緊張と不安でいっぱいで、涙を瞳《ひとみ》にいっぱいにたたえながら、ぶるぶると情けなく震えていた。それと比べて、目の前の少女のなんて立派なことだろう。

指先まで行き届いた礼節、完璧《かんぺき》な挨拶《あいさつ》。いっそ惚《ほ》れ惚れしてしまいそうなくらいに見事なもので、しみじみと心の底から感心してしまう。

「頭を、上げてくださるかしら」

「────はい」

こちらの方が緊張に震えてしまったのを情けなく思いつつ声をかければ、少女はゆっくりと頭を上げた。彼女のぬれたようにつやめく黒髪がさらりと揺れる。

「〜〜〜っかわいい……っ！」

タマと同じ白い着物に緋袴《ひばかま》という巫女《みこ》装束の少女の、あまりの可憐《かれん》さに思わずそう口走ってしまった。

意志の強さを表すようなまばゆい光が宿る黒瞳。清水のように流れる黒髪。透けるように白くみずみずしい肌。その頬《ほお》だけが寒さゆえにか薔薇《ばら》色に赤らみ、なんとも美しい風情である。

きっと、お人形のようにかわいらしい、とは、こういう少女のことを言うのだろうと、タマは心からの感心と感動を覚えた。

だが、しかし。いつまでもそんな感激に浸っている余地はなかった。

幼い少女が、きょとんと大きく目をまばたかせてから、いかにも気分を害したように眉根《まゆね》を寄せる。「あ、しまった」と思ってももう遅い。

失言はもう取り戻せないと解っていながらも、タマは両手で自らの口を押さえた。

「――――――ふはッ」

その隣で、タマの失言にとうとう思い切り噴き出した青年もまた、片手で口を押さえて肩を震わせている。出だしとしては最悪である。思わず彼をにらみ上げれば、ぱちん、と、金色の瞳と目が合った。三日月のように細い瞳孔《どうこう》をはらむ切れ長の瞳には、楽しげな光が宿っていて、こちらの抗議の視線なんてまったく響いていない様子だ。

彼こそが、タマが冠する〝環姫役〟と呼ばれる役職と対《つい》を成す、〝裁彦役〟と呼ばれる役職に就く青年、ミケである。

自分よりもゆうに頭一つ分は高い長身を、タマは彼と出会ってから、ずっと見上げることし

かできなかった。黒、茶、白が入り交じるつややかな長い髪を高く一つに結い上げ、大御神《おおみかみ》の威光を示す金色の釦《ぼたん》が一つ正面に据えられた制帽をその上に乗せていることで、よりその長身が際立っている。

本来はきっちりとした印象を抱かせるに違いない詰襟《つめえり》の洋装をしどけなく着崩して、肩から外套《がいとう》を羽織った姿は、「なんてだらしない……」と他人にたしなめられてしかるべきものであるはずなのに、不思議と彼によく似合っている。

そんな彼が愛用の煙管《キセル》を再び口に運ぶのを横目に、タマはあわあわと慌てながら、眉尻《まゆじり》をつり上げた少女の前で膝《ひざ》を折り、彼女の手を両手で包み込んだ。

「ご、ごめんなさいね、たすきちゃん。私が当代環姫役です。いきなり変なことを言ってびっくりしたわよね。その、あなたがあまりにもかわいらしいものだから、つい本音が出てしまって。あの、その、なんて綺麗《きれい》な黒髪なのかしら、とか、なんて大きなおめめなのかしら、とか、その、全部素敵で、だからつい、つい……！」

「……お褒めにあずかり光栄にございまする、環姫様。わたくしめのことはたすきとお呼びくださいませ。『ちゃん』は不要にございます」

「え、あ、で、でも、『ちゃん』があった方がかわいいし親近感が……」

「所詮《しょせん》、松の内が終わるまでのこと。親近感など無用にございましょう」

きゅっとタマが握り込んでいた小さな手を容赦なく振りほどき、少女は冷ややかに目を細めて再び頭を下げてくる。

彼女に対するこちらの第一印象は最高であったが、こちらに対する彼女の第一印象はやはり最悪であることがその声音から察せられ、タマは「ああああ」と内心で崩れ落ちた。

この少女に、これからタマは、先輩としてできる限りの引継ぎをしなくてはならないというのに、この調子では先が思いやられるにもほどがある。

タマと少女のやりとりをさも面白げに肩を震わせながら見守っているミケは、口出しも手出しもする気がないらしい。ここで少しくらい助けてくれてもばちは当たらないはずなのに。

涙目になってタマがミケを見上げても、彼は親指を立てて声なく「よくやった」と唇を動かすだけだ。全然『よくやった』ではない。正確には、『やらかした』である。

――せっかく、立派にたすき役を迎えるはずだったのに。

そう、本日、正月事始めと呼ばれる師走《しわす》の十三日。

十二年目を迎えた環姫役は、裁彦役とともに、慣例に倣《なら》って次代の環姫役である七歳の少女――〝たすき役〟と呼ばれる存在を、時不知山に迎え入れることになっていた。

――それなのに、最初から思い切り失敗しちゃった……！

ツンと顔を背けている当代たすき役の少女は、完全に心の扉を閉ざしている様子である。

どうしよう。いいや、どうしようも何もない。どうしようもない。

少女……今後「たすき」と呼ぶことになる彼女の前で地に膝をついたまま途方に暮れるしか

ないタマだが、その肩を軽く叩《たた》かれる。そちらを見上げればミケがいまだに笑いをこらえた様子でたたずんでいた。

そのお綺麗な顔を涙目のまま再びにらみ上げると、彼は軽く肩を竦《すく》めた。続けざまにミケはこちらの両脇《りょうわき》に手を入れて、ひょいっと持ち上げて立たせてくれる。

わ、とよろめくタマを当たり前のように支えてから、ミケは改めて微笑を浮かべ、今度は自身がたすきの前に片膝をついた。

「たすき」

「……っは、はい、裁彦様」

間近で見るミケのかんばせに気圧《けお》されたように、少女が一歩後ずさる。それでもきりりと愛らしい顔を引き締めて彼を見つめ返す彼女の頭に、そっと大きな手が乗せられた。

「タマはこんなのだし、俺《おれ》もこんなのだから、さぞ不安も多かろう。だが、ゆめゆめ忘れなさんな。タマも俺も、必ずお前さんの味方だ。お前さんが思う最善の選択をするがいいさ」

「は、い」

顔を赤らめ、こくこくこくこくっとたすきは何度も頷《うなず》いている。そんな少女の頭を、ぽんぽんと二度ほど軽く叩くように撫《な》でて、ミケもまた頷きを返す。

——お顔が綺麗なのって、本当にお得なのね。

出会ってからこのかた、幾度となく思ってきた感想をタマはまた内心で繰り返した。

ミケは、それはそれは美しい顔立ちの持ち主だ。両耳を飾る金色の鈴が、彼がそっと首を傾けるたびにちりりと音を立てる。たったそれだけの仕草で、見慣れているはずのタマですらうっとりと見惚《みほ》れてしまいそうになるくらいに美しい。

そのことをもうずっと知っていたはずなのに、今なおこうして新鮮な驚愕《きょうがく》と感嘆を覚えるのだから、やはりつくづく美形とはお得にできているものらしい。

今更ずるいともうらやましいとも思わないけれど、それにしたって『こんなの』だなんて酷《ひど》い。ああでも反論できない……私はこんなのです……としょんぼりと肩を落とす。

——こんなのが、私の役目の、終わりの始まり、なんて。

悔しくて、悲しくて、そして少しだけさびしい。それでもなお、きっと、何よりも誇らしく喜ばなくてはいけないことなのだろう。

——……私らしい、ってことかしら。

ならばこそ、だからこそ、最後まで環姫役としての役目をまっとうしなくては。

ぎゅうと両手を握り締め、タマはひそかにそう心に誓ったのだった。

第一章　おちゃわんかいたの　だあれ

――神々の住まう高天原《たかまがはら》。人間が住まう中津国《なかつくに》。死者の住まう黄泉国《よみのくに》。

三つの国々は寄り添いながらも分け隔てられ、交わることはないとされている。だが、その中でも、中津国において、もっとも高天原に近いとされる場所がある。それが、高く、大きく、尊き山……人々が時不知山《ときしらぬやま》と呼ぶ神域である。

時不知山には毎年、神々の内の一柱が高天原より降り立ち、一年間、中津国を守護する役目を最高神たる大御神《おおみかみ》より賜るとされている。

その数、十二。

十二柱の神々は、〝十二支〟と呼ばれ、一年ごとに入れかわり立ちかわり、時不知山に存在する彼らのための御殿である〝御社〟にて、人々を見守ってくださるのだ。

「たすきちゃん、亥神様《いのかみ》は濃い味付けがお好みだから、お味噌《みそ》汁はお味噌を多めに……」

「存じ上げておりまする。後はこのねぎを散らすだけにございますゆえ、ご心配なく」

「そ、そう……」

トトトトトト、と、わずか七歳の少女とは思えない見事な包丁使いで青ねぎを刻む、当代たすき役の少女を見下ろして、タマはこっそり溜息《ためいき》を吐き出した。

時不知山における御社、その調理場で、当代環姫《たまき》役であるタマは、次代の環姫役である少女と並んで、朝餉《あさげ》の準備に勤《いそ》しんでいた。

隣の少女をこの御社に迎えたのは、昨夜のこと。出会い頭にいきなり〝やらかしてしまった〟タマは、少女の信頼を勝ち取らんと意気込んでこの調理場に臨んだつもりだった。

だがしかし。

――な、なんにも教えることがないなんて……！

『たすきちゃん』とタマが呼ぶ少女は、タマが一を言うまでもなく既に十を理解しているようだった。いつもよりも早起きしたタマとほぼ同時刻に調理場にやってきた彼女は、「わたくしめはまず何から作ればよろしいでしょうか？」と問いかけてくれた。そこまではよかった。だが、繰り返すが、『そこまで』だった。

タマが「じゃあお味噌汁を一緒に……」と喜々として身を乗り出せば、「解りました。お任せくださいまし」とたすきはタマの手を借りることなくさくさくと立派な味噌汁を作り上げてしまったのである。後は本人の言う通り、『ねぎを散らすだけ』。こちらが手を出す隙《すき》も余地も一切なかった。たすきは七歳とは思えない立派な料理人だった。

味噌汁にぱらぱらと青ねぎを散らして一つ頷《うなず》いた少女は、てきぱきと今度はかまどの火を覗《のぞ》き込み、くつくつと煮立てている里芋の煮っころがしにそっと箸《はし》を突き立て、その煮え具合を確かめている。

手慣れた様子の少女が放つ雰囲気は、お世辞にも友好的とは言いがたい。

ぴりつくその空気においそれと触れることもできず、タマはしょんぼりと肩を落としながら、調理中に当然出てきた洗い物があれそれ放り込まれた桶《おけ》の水面を見下ろした。

たすきのつやめく緑の黒髪とはまったく趣の異なる、光を吸収する黒髪。ミケは「お前さんの髪はぬばたまの玄《くろ》やねぇ」と褒めてくれるけれど、そんな御大層なものではないという自覚はある。それでも彼が気に入ってくれているのがなんとも嬉《うれ》しくて誇らしくて、だからこそ毛先を切りそろえる以上の真似《まね》がなかなかできずに、気付けば腰よりも長く伸びたたっぷりとした黒髪を、背中の中ほどできゅっと一つにまとめるのが毎日の日課だ。

髪と同じ色の黒々とした丸目がちの瞳《ひとみ》はやけに大きくて、すぐに感情が表に出てしまうのが自分でも悩みどころである。ミケやたすきのように、長くて濃い睫《まつ》毛《げ》に縁どられていたら、それをそっと伏せるだけで自身の気持ちを隠すことだってできただろうに、生憎《あいにく》この睫毛はそんな風に立派なものではない。たぶん、おそらく、きっと、普通であるはずだ。平均的であるはずだと信じている。この御社で見てきた皆々様が、それはそれは立派な睫毛をお持ちだからこそ、余計に自分の睫毛が貧相に見えてしまうだけだろうと信じている。

鼻は低くて目立つものではないけれど、その分、薄い唇だけはいつだってうっすらと桜のように薄紅に色づいていることが自慢らしい自慢だろうか。

まあ結局、つまるところ。

――私は普通、なのよねぇ……。

隣のたすきが飛びぬけた美少女であるだけに、自身の平凡さがますます際立っている。十二年前に別れた先代環姫役の女性も、それはそれは美しい乙女《おとめ》だった。

――で、でも、見た目は〝環姫役〟のお役目に関係ないもの！

「たすきちゃん、そろそろお米が炊けるから、おかずを取り分けてくれる？」

「はい」

必要最低限の返事だ。たった二文字の返事だけで、たすきはやはり丁寧かつ迅速な所作で二人がかりで……というか、それぞれが別々に作り上げた総菜を小皿に取り分け始める。

その姿を横目に、タマはタマで、じっくりと焼いていた鯖《さば》をさっと七輪から取り上げた。大根おろしを添えて皿に乗せ、既に蒸らしの段階に入っていた米を茶碗《ちゃわん》によそう。

――よし、完璧《かんぺき》！

「はい、お疲れ様でした。私が教えることなんて本当に何もなかったわね。亥神様もきっとお喜びになられるわ」

「たすき役たる者、これくらいできて当然にございまする。……環姫様はどうであったのかは存じ上げませんが」

「…………」

ツンとすまし顔でちくりと胸を刺され、タマは視線を泳がせた。

言えない。かつて、先代たすき役としてこの調理場に初めて立った時、人参を切ろうとしてすぱっと包丁で指先を切り、まな板を血まみれにして先代環姫役に悲鳴を上げさせ、タマ自身は痛みやらなんやらでそれはもう手が付けられないくらいに泣き喚《わめ》いただなんて。こんなにも立派なたすき役の少女に、どうしてそんな失態を打ち明けられようか。

——言わなくても、なんかもう、なんでかばればれな気もするけれど……！

タマがタマと呼ばれるゆえんである、〝環姫役〟と呼ばれる役目。それは何だと問われれば、答えは簡単である。御社における十二支の世話役、それが環姫役だ。

環姫役は、一年ごとに中津国の守護を交代する十二支を御社でもてなし、十二支が一巡する十二年でその役目を終える。その間、御社における、炊事、洗濯、掃除、庭仕事から、十二支の暇つぶしのお遊びのお相手まで、あれもこれもそれもどれもを請け負うのが環姫役なのだ。

七歳の師走《しわす》で御社に召し上げられ、二十歳を迎えた睦月《むつき》に御社を去るのが環姫役であるがゆえに、この師走が去り、新年を迎えて二十になれば、タマの十二年にわたる環姫役としての役割はようやく終わりを告げるのだ。

なお、その環姫役の後継者が、〝たすき役〟と呼ばれる少女である。

御社には本来、毎年交代する十二支の内の一柱を主人として、環姫役、そして裁彦《たつひこ》役と呼ばれる役割を担う青年しか住まうことは許されない。

その例外が、環姫役がその役目を終える十二年目の、正月事始めから始まり、〝松の内〟と呼ばれる期間の終了まで……つまりは、師走の十三日から、睦月の十五日までの期間だ。

この期間だけは、たすき役と呼ばれる少女が、四人目の住人として御社に住まうのである。

その間にたすき役は、向こう十二年間の次代の環姫役としての務めのために、当代の環姫役からさまざまな教えを受けることになる――の、だがしかし。

――まだ一日目なのに、もう既になんにも教えることがなさそう……。

相変わらずすまし顔で膳をお盆に乗せていくたすきを見つめながら、どうしたものかと眉尻《まゆじり》を下げた、その時。


――ちりん。


涼やかな鈴の音がひとつ、タマとたすきの間に割り込んできた。あ、と思う間もなく、背後からにゅっと長い腕が伸びて、この手に持っていたお盆の上の一皿であるきんぴらごぼうが、ひとつまみさらわれていく。

「……んん、ちょっと味が濃すぎやろ。俺《おれ》はもっと薄い方が好みだって言うてるんに」

「…………ミケ様のお好みではなく、亥神様のお好みに合わせているんですから当然です。たすきちゃん、気にしちゃ駄目よ」

「っは、はい」

タマが苦笑しながら声をかければ、たすきは恥じ入ったように顔を赤く染めて頷きを返してきた。その幼いまなざしの先にいる存在は、そんな少女を微笑《ほほえ》ましげに見下ろしている。

先ほどの鈴の音。それは、現在進行形でもぐもぐと行儀悪くつまみ食いをしている、黒、茶、白というなんとも変わった髪色を持つ美貌《びぼう》の青年の耳飾りの音である。

いつものように一切気配を感じさせず背後に現れた彼……タマが〝ミケ〟と呼ぶ絶世の美青年こそが、この御社において、〝裁彦役〟を担う存在だ。

環姫役が十二支の世話役ならば、裁彦役は十二支の護衛役。

十二年ごとに代替わりする環姫役と異なり、裁彦役は後にも先にも彼だけなのだとタマは聞かされている。その証拠に、彼の姿は、七歳で出会った時から、何一つ変わらない。ずっとずっと、二十歳からさらに一つか二つ程度、齢《よわい》を重ねたかどうか、という見た目のままだ。

「ミケ様、今から亥神様の元へ朝餉を運びます。たすきちゃんを紹介させていただくのですが、同席していただけますか？」

「もちろんさね。亥神はともかく、タマとたすきのためなら早起きもやぶさかではないよ。偉かろ？」

「はいはい偉いです偉いです」

「つれへんねぇ」

くつくつと喉《のど》を鳴らして笑うミケは、その台詞《せりふ》の割に傷付いた様子もなくどこ吹く風だ。十二年ぶりに新たなたすき役がこの御社にやってきたというのに、いつもと何も変わらない。

――仕方ないわ。

――ミケ様にとっては、きっと、慣れた交代劇なんだもの。

少しだけ胸がきしむ音がしたけれど、気が付かないふりをして、タマはたすきに笑いかけることで彼女の足を促した。朝餉を乗せたお盆を手に向かう先はもちろん、現状におけるこの御社の主人の元である。

「亥神様におかれましては、本日もご機嫌麗しゅう存じます。当代環姫役、昨夜参上つかまつりましたたすき役とともに、ご挨拶《あいさつ》に参りました」

「――わたくしが、当代たすき役にございまする。なにとぞ、なにとぞよしなに、よろしくお願いいたします」

うやうやしくお盆から朝餉を移動させてから、たすきとともに三つ指をついて頭を下げた。

その背後にしどけなく座るミケがつまらなそうに懐から煙管《キセル》を取り出したことに「ひえぇぇぇミケ様またそういうことを……！」と内心で悲鳴を上げるタマの耳に、くつり、と低い笑い声が届く。

「顔を上げるがいい。楽にせよ」

腹の底から響く低い声音だ。

張り上げられているわけでも、ましてや荒ぶっているわけでもないというのに、不思議と鼓膜を大きく震わせる声である。

促されるままに顔を上げた先、上座にあぐらをかいて堂々と座る彼こそが、現在の御社の主である、十二支と呼ばれる神々の一柱——亥神だ。

短く刈り上げた赤銅色の髪が、中庭から差し込む陽《ひ》の光を透かしてきらめいている。三十路《みそじ》に届くか届かないか、と迷う年頃《としごろ》の、彫りの深い端正な顔立ち。その上に配置されたどんぐりのようにつやつやとした瞳には得も言われぬ色香が宿り、太陽のような笑顔とは裏腹に、不思議と夜の気配を感じさせた。豪奢《ごうしゃ》な着物を一枚着流して、開いた胸元から覗くよく日に焼けた胸板は、分厚く鍛え抜かれている。

ミケとはまた異なるとびきりの魅力を惜しげもなくまとう男神は、緊張ゆえかきゅっと唇をかみ締めるように引き結んでいるたすきへとそのまなざしを向ける。

「十二支の〝終わり〟を司る者にして、〝始まり〟を迎える役目を我らが大御神様より授けられし者として、新たなるたすき役を歓迎しよう。人の子にとっては長き勤めであるが、後悔せぬよう励むがいい」

自然と背筋が正されるような言葉に、たすきはすっかり神妙な顔になって、「もったいなきお言葉にございまする」と深々とまた頭を下げた。指先まで行き届いた完璧な所作だ。自分が初めて亥神と出会った時は……と、十二年前の一件がまざまざと思い出され、穴があったら入りたくなる。

そんな自分の羞恥心《しゅうちしん》は、思い切りこの瞳ににじみ、そわ、と指先をさまよわせる。くくっと亥神は低く笑い、タマをいたずらげに見つめてきた。

「環姫よ、当代のたすきは随分と優秀だな？」

「は、はい！　ご覧の通り、朝餉もばっちりでして、あの、その」

「ああ、立派なものだ。十二年前のお前の血と涙と汗にまみれた人参の甘露煮も、あれはあれで乙なものであったが」

「恐れ入ります……！」

タマはほとんど土下座する勢いで頭を下げる。ああ、できたらその話は蒸し返さないでほしかった、というのはわがままだろうか。

たすきが信じられないものを見る目でこちらをちらりと見たのが視界の端に映り、タマはどばどばと冷や汗を流した。たすきのまなざしは、「血と汗と涙……？　清廉《せいれん》たる十二支の一柱様に……？」と言葉にするよりもよほど雄弁に物語っていた。否定したくてもまったくもってその通りなので粛々と頭を下げるより他はない。

今日《きょう》も今日とてなんとも見事な男ぶりを見せつけてくれる亥神は、これまでタマが仕えてきた他の十二支の神々と比べても、比較的気安く親しみやすい神だった。そう、親しみやすくはあるのだが、こうしてタマの過去の恥ずかしすぎるあれそれを掘り返して目の前に持ち出してくるあたり、決して優しい神ではない。

平身低頭するばかりのタマを楽しげに見つめてくる亥神と、呆《あき》れたように見つめてくるたすき。趣は異なれどどちらも大変居心地が悪いことに変わりはない。助けを求めてほとんど反射的に背後を振り返ると、ぷかぷかと煙管をふかすミケの金色の瞳とばっちり目が合った。

「み、ミケ様……」

ここはひとつ私の援護をお願いします、という切なる願いを込めて彼を見つめ返せば、ミケはにんまりとその唇で、瞳に浮かぶ三日月と同じ形を作った。

——ミケ様！

自然と安堵《あんど》してしまうその笑みに顔を輝かせると、彼は「任しとき」とばかりに一つ頷いて、愛用の煙管をぴっと亥神に突き付けた。

「昔のことをいつまでも掘り返すのは年寄りの悪い癖だぜ。昔はともかく、今のタマは俺が仕込んできた分、ちゃぁんと立派な環姫役さね。昔はともかく」

「………」

タマは無言でこうべを垂れた。期待した援護は、亥神でもなくたすきでもなく、タマのことを背後から思い切りばっさり切り捨ててくれた。亥神を年寄り扱いした挙句に、ミケはミケでタマの昔がなかなか相当駄目駄目だったことを強調した。怒りを覚えるよりも悲しくなってくる。いや、おっしゃる通りではあるんですけども。

——あああ、たすきちゃんの目が痛いっ！

幼いまなざしが、呆れを通り越した軽蔑《けいべつ》になりつつある気がしてならない。痛い。辛《つら》い。出会ってから二日目でこれでは先がどうなることかと内心で頭を抱える。

そんなタマをからかうように見つめてから、す、と、亥神は表情を真剣なものへと変えて、ミケへと自身の視線を移動させた。その視線を受けて、笑みを消し瞳をすがめるミケをなおも見つめ、亥神は口を開く。

「裁彦よ。明日《あす》はお前の務めだ。せいぜい励めよ」

「へいへい、解ってら。お前こそせいぜい無駄な心配をしてるがいいさね」

「解っているならば我は何も言わん。さて、それでは朝餉が冷める前にいただこうか」

ひとり頷いて箸を取る亥神と、ぷか、とまた煙管をふかし始めたミケを見比べて、たすきがどことなくどころではなくおろおろしている。

そんな彼女の小さな背に、タマは思わずそっと手を伸ばした。ぽん、と軽く叩《たた》くと、びくっとその背が跳ねる。

驚かせてしまったことを申し訳なく思いつつ、タマはできる限り頼りがいのありそうな笑顔を作ってみた。

「明日は、十五日でしょう？　ミケ様の……裁彦様のお役目である、〝月次《つきなめ》の儀〟が執り行われるから、私達はその間に正月飾りの準備を……」

「わたくし、同席させていただきとう存じます」

「え?」

「ですから、月次の儀に。裁彦様のお役目を、たすき役として、次代の環姫役として、この目に焼き付けたいのです」

「え、あ、でも……」

それはちょっと、と口ごもると、挑むようにたすきはこちらを見上げてくる。凛《りん》と澄んだ力強いまなざしに気圧《けお》されれば、「よいではないか」とどこか笑みを含んだ声が割り込んできた。亥神である。

「たすきにとっては何事も初めてずくめだろう。最初くらい、裁彦の役目を目にしておくのも悪くないはずだ。なあ裁彦?」

「……まあ、本人が見たがるならねぇ。面白いもんでもないがね」

「と、いうことだ。環姫、お前がたすきについてやればいい」

眉《まゆ》をひそめつつも拒絶しないミケの言葉尻《ことばじり》を掴《つか》み取って話を進める亥神は、タマに反論を許す気はなさそうだ。

タマとしては、御社にやってきたばかりのたすきには刺激が強すぎるに違いないと思えるものが、毎月十五日恒例の〝月次の儀〟である。

十二支の守護役である裁彦役の、もう一つの役割として数えられる儀式。いくらミケならば心配はいらないと言えども、手放しで幼い少女におすすめすることなんて到底できない。

しかし、たすきはすっかりその気のようで、ふんすと拳《こぶし》を握り締めている。

――そういえば、私も、初めての時は「わたしも！」ってせがんだなぁ。

ならば亥神にとってもミケにとっても、これはたすき役の通過儀礼のようなものなのかもしれない。ならば。

「たすきちゃん、怖かったら私の後ろに……」

「結構です。それから、〝ちゃん〟は不要ですと申し上げましたでしょう。わたくしは〝たすき〟にございます」

「うぐ」

すげないたすきの態度にがくっと肩を落とす。せめて最後まで言わせてほしかった。

そして「明日は皆励むように」と改めて亥神に命じられ、二人は頭を再度下げるのだった。

たすきが御社にやってきて二日目、師走の十四日。その日はその後、タマがあれそれ彼女に御社のあちこちを案内し、環姫役として求められる御社の管理の流れを一通りたすきに伝えただけであっというまに終わってしまった。

タマとしてはもっともっと教えたいことが山ほどあるのだが、たすきは教えるまでもなく、それこそこちらが口にしようとすることを先回りして「それはこうでしょう？」「それは存じ上げております」などと立派に自身の責務をそらんじて、タマを撃沈してみせた。

かくして一夜明け、師走の十五日。毎月恒例、月次の儀の日である。

今宵《こよい》は満月。大きなまんまるの月が、時不知山にやってくる。

昼夜を問わず御社を照らし続ける常夜灯も、今宵ばかりはその灯《ひ》がない。ただ月明かりだけが頼りになる神域。

鈴が連ねられた注連縄《しめなわ》が囲む広場の中心にミケが立ち、注連縄の外側からタマとたすきが並んでその姿を見つめる。

――ちりりんっ。

鈴が鳴る。ミケの耳元で。そして、注連縄に連ねられているあまたの鈴もまた、同様に。重なり合う鈴の音に導かれるように月の光が集い、そして。

――ざわり。

空気が、変わる。月の光が輝かしくなればなるほど、〝それ〟もまた色濃く確かな翳《かげ》りを生む。

――おおお。

――おおおおおお。

声でも音でもない何かが聞こえてくる。闇《やみ》をかきむしり、地を舐《な》めるような、不安を誘うばかりの耳障りな何か。

タマの隣に立っていたはずのたすきが、夜闇の中でもそうと解るほどはっきりと青ざめて、かたかたと震え出す。無意識なのだろう、タマの後ろに隠れて、そっと袖《そで》を掴んでくる。

彼女の反応は当然のものだ。

何度見ても、何度聞いても、決して慣れることができないおぞましさ。

ミケの前に凝っていく、月明かりの中に浮かび上がる影。

そう、それこそが、月の巡りに合わせて亥神が中津国から集め上げた、ぬぐいがたき穢《けが》れだ。

——十二支が大御神から授かりたる役目は、中津国の守護。

——では、中津国の守護とはなんぞや？

——それすなわち、民草の暮らしから生まれる、世界のよどみの結晶化である。

——民草の心を惑わせるよどみを穢れと呼び、十二支はこれを御社に集める。

——そして。


「玉桂《たまかつら》よ、出番だぜ」


ミケが愛用の煙管をぽいと宙へと放り上げた。

くるくると空気をかいたそれは、まばたきののちに一振りの刀へと変化する。

その銘の通りに、月光を鍛え上げたかのような、金色の輝く刀身。

愛刀の柄をためらうことなく掴み取ったミケは、にぃ、と口角をつり上げた。

――――斬ッ！

そして、次の瞬間、彼は愛刀を薙《な》ぐ。金色の刀身に切り裂かれた穢れが、悲鳴を上げることすらできずに灼《や》き尽くされる。何もかもが消え去って、ただ月明かりに、夜のしじまだけが美しく浮かび上がり、ミケがいつもと何一つ変わらない笑顔でこちらを振り返る。

「さて、今月の務めもしまいよ。タマはともかく、たすき、大丈夫かえ？」

不意打ちのような問いかけに、タマの袖をぎゅうと握り締めていたたすきのかんばせが引きつった。はくはくとあえぐように唇を開閉させた彼女は、それでもなんとか声を絞り出そうとしている。

「あ、だ、いじょ、ぶ……」

「うんうん、ならよし、立派やね。なら裁彦様が褒美として、たすきを寝所まで運んでしんぜよう。タマ、お前さんもついてき。俺が狼《おおかみ》ではないってことを証明してもらわんとね」

「ミケ様はどちらかというと猫さんですもんね」

「おうとも。ほら、そんじゃちょいと失礼」

ミケは愛刀を煙管へと変じさせて懐にしまい、たすきの小さな身体《からだ》を抱き上げる。その姿になんとも言えない懐かしさを覚えながら、タマはそっと彼の後に続いた。

——今回も、ご無事でよかった。

そう思わず内心で呟《つぶや》いてしまって、あ、とタマは口元を押さえる。前方を行くミケは、たすきを宥《なだ》めることに専念しているらしく、こちらの様子には気付いていない。そのことにほっと安堵すると、不意にミケに抱き上げられているたすきと目が合った。

——わ、私も！

今こそ彼女を安心させてあげるべき。勇んでタマは両手で拳を握ってみせた。

「たすきちゃん、大丈夫よ。初めてなんだもの、怖いのは当たり前だわ」

だから大丈夫、と、繰り返して、精一杯先輩風を吹かせて笑いかける。

そう、怖いのは当たり前だ。触れるどころか目にすることすらはばかられる穢れを前にして、たった七歳の少女がどうして平静でいられるだろう。

「私だって初めての時は先代様にも大層ご迷惑をおかけしてしまったの。そうだわ、よかったら今夜は一緒に寝るとか……たすきちゃん？」

なぜだろう。ミケに抱き上げられたままこちらを見下ろすたすきの表情が硬い。

あら？　と首を傾《かし》げる間もなく、少女にキッ！　と強くにらみ付けられて、タマは息を呑《の》んだ。これはもしかして、もしかしなくても。

——馬鹿《ばか》にしたと思われちゃった!?

そんなつもりはないのに、と思っても、もう何もかもが遅かった。

「わたくしは環姫様とは違います。一緒にしないでくださいませ」

「あ、は、はい……」

取り付く島なくぴしゃりと言い切られ、すごすごと引き下がるより他はない。子供扱いされた上に馬鹿にされたのだと認識したたすきは、いたくおかんむりであるらしい。

ぷいっと顔を背けてしまった少女をいくら見つめても、もう彼女はこちらを見ようともしない。かわりに、肩越しに振り返ってきたミケが呆れ交じりの苦笑を浮かべたものだから、タマは改めて、自分の発言がとんでもない悪手であったことに気付かざるを得なかった。

……かくして、タマとたすきの一方的な確執は、決定的なものになってしまったのである。

そうして当代たすき役の少女が、時不知山の御社にやってきてから数日。

「あ、あのね、たすきちゃん。そろそろ正月飾りを色々作ろうと思うのだけれど、一緒に……」

「解りました。わたくしは煤《すす》払いを続けさせていただきます。それからわたくしめのことは『たすき』とお呼びください」

「…………はい、いってらっしゃい」

「失礼いたしまする」

一切の隙のない完璧な所作で楚々《そそ》と頭を下げた少女、もとい通称たすきは、そのまま踵《きびす》を返して去っていった。方向から察するに、御社の本殿の水拭《みずぶ》きに向かうのだろう。

残されたタマは、両腕いっぱいに抱えた、正月飾りのための乾燥させた稲や藁《わら》、裏白や楪《ゆずりは》などなどをその場にばさりと取り落とし、がっくりとその場に膝《ひざ》を折った。

「うう……」

諦《あきら》めるのはまだ早すぎるが、いい加減心が折れそうになりもする。いったいどうすればいいのか解らない自分が悔しい。

取り付く島もない少女がかたくなになる原因は、頼りない自分にあることはよくよく理解しているつもりだ。ならば、と思い、あれこれなんとか印象を挽回《ばんかい》しようとしても、なぜだろう。何もかもすべて逆効果な気がしてならない。

そろそろ松迎えとして、この時不知山のさらに奥に向かうべき頃合いだ。松や薪《まき》、それから門松の飾りの花の準備に取りかかりたいのだが、それすらも「わたくしは大丈夫ですので」とにべもなく断られてしまう気がする。

いったいどうしたら？　と、ここ数日幾度となく繰り返してきた自問をまたしても繰り返すと、ちりん、と鈴の音が耳朶《じだ》を打った。足音どころか気配すらも感じられなかったが、その鈴の音は何よりも確かなものだ。

のろのろと頭を持ち上げれば、案の定そこにたたずんでいるのはミケである。

彼はくつくつと喉を鳴らし、地面にひざまずいて打ちひしがれているタマの前にしゃがみ込んだ。ゆらゆらと煙管からかぐわしい香りをくゆらせて、間近から顔を覗き込んでくる。

「また振られたんか？」

「ふ、振られてないです！　ただ、たすきちゃんがすごくよくできる子で、自分でちゃんと必要なお仕事を見つけられる天才さんだから、私の出る幕がないだけです！」

「そりゃあ結構なことだが、自分でそれを言っていて虚《むな》しくならへんのかね、お前さん」

「…………」

ごもっともである。反論する余地などあるはずもなく、タマはあえなく撃沈した。

そんなこちらの頭を撫《な》でてくれるミケの手は、手袋越しであってもなおあたたかく、じんわりと落ち込む心をなぐさめてくれる。

そう、この手にこうしてなぐさめられ、導かれ、支えられて、この十二年間を乗り越えてきた。気が遠くなるほどに長く、まばたきよりも短い年月だった。

大切な十二年間だ。

環姫役という大役をこなせたのは、ミケがいてくれたおかげであり、同時に、タマにとっての先輩にあたる、先代環姫役のおかげでもある。

「……たすきちゃんにも、これから十二年間、不自由なくすごしてほしいんです」

「うん」

「私、先代様と約束しました。先代様が私にしてくれたことを、全部、次のたすき役に繋《つな》いでみせますって」

「うん」

「だから、やっぱり、たすきちゃんと仲良くなりたいです」

「うん。お前さんがそう思うのなら、それが一番なんじゃないかえ」

「はい！」

そうだとも、これくらいで諦められるはずがない。

タマにとってのこれまでの十二年間と、たすきにとってのこれからの十二年間が等しいものになるだなんて、そんな傲慢《ごうまん》なことは言えない。けれど、この松の内のわずかな記憶が、たすきのこれからを少しでも支えてくれるものになるように努めることこそが、タマにできる彼女への最大の手向《たむ》けだ。

よし、と一つ頷いて、気合いを入れ直すために両頬《りょうほお》をパンッと自分で叩き、勢いよく立ち上がる。しゃがみ込んだ状態のまま、なぜかどこかまぶしげに目を細めて見上げてくるミケに、はい、とタマは手を差し伸べる。

「どうぞお手を、ミケ様。例年通り、松迎えに参りましょう。たすきちゃんと一緒に行けたらよかったのですけれど、あの様子では、たぶん断られてしまいますから」

「おや？　仲良くなりたいんじゃなかったんか？」

「もちろんそのつもりです！　だから、門松の材料は私が用意して、まずは少しでも見直してもらうところから始めようかと思いまして」

片手でミケの手を取り、もう一方の手でぐっと拳を握って、タマはきりりと顔を引き締めた。

今までの松迎えは、当たり前だがミケと二人きりで行ってきた。奥深き時不知山に分け入り、新しき十二支を迎える正月に飾るための松を取る。十二年に一度の、たすき役を迎えたその年の師走だけは、例外として三人で行われてきたはずの行事だ。

タマとて自身がたすき役であった十二年前には、先代環姫役と、当時も当然裁彦役であったミケとともに松を取ってきた。だが、当代たすき役のあの様子では、悲しいことにお断りされてしまうと考えた方がいいだろう。

ならば逆の発想だ。

万全の状態にして、今度こそ彼女に正月飾りの準備を持ちかけよう。「一緒にたくさん作りましょう？　材料はほらこの通り！」とタマが示してみせたならば、かたくななあの少女も「環姫様がここまでご準備なさったなら」と少しくらい心を許してくれるかもしれない。たぶん、おそらく、きっと。

そんな淡い希望に期待するタマと立ち上がってもなお手を繋いだまま、ミケは煙管をふかして苦笑を浮かべる。

その苦笑が、ふいに立ち消え、かわりに張り付けたように薄っぺらな笑みに変わったのは、次の瞬間だった。

「――――環姫よ、ここにいたか」

誰何《すいか》するまでもない、この声は。

ぱちり、と瞳をまばたかせてから、タマは慌ててミケの手を放し、深々と礼を取った。

「こんにちは。本日もご機嫌麗しく存じます、亥神様」

「はは、相変わらず堅苦しい挨拶はよせ。朝も会うたし、そもそももう時期にひととせの付き合いとなろうというものを」

「親しき中にも礼儀あり、と、先代様に教えられておりますもの」

「なるほど然《しか》り。あのたすきにもそう教えるつもりか？」

ご苦労なことだ、と快活に笑って続ける亥神に、タマとしては「善処するつもりです……」くらいしか返す言葉がない。

教えられるものなら教えたいですよ、と内心で嘆くこちらに、亥神は当然気付いているのだろう。くくっと喉を鳴らした彼は、あごを片手でさすって肩を竦《すく》めた。

「あのたすきは我が見てきた中でも随一の気位の高さだ。あれはいい女になるだろうよ」

「はあ……そういうものでしょうか……？」

いまいちピンと来ない話題に、タマは首を傾げた。なにせこの十二年間、一年ごとに交代する十二支と、裁彦役であるミケとしか顔を合わせてこなかったのだ。

それぞれ趣は異なれど十二支は皆、大層美しい姿をしていたし、ミケの容姿に至っては言うまでもない。彼もまた、神々に何ら引けを取らない美貌の持ち主だ。

たすきとてそうだ。タマの主観として、彼女もとても愛らしい容姿をしている。ただ、彼女の場合はまだまだ幼さの方が勝るという印象もある。

確かに既に将来有望であると感じ取れるきざしはあるものの、人を超えた美貌を見慣れてしまったタマには、幼子の未来の美醜について断じられるほどの人生経験がない。

——うーん、でも、確かに、たすきちゃんはとってもかわいいもの。

——そういうものなのかもしれないわ。

なるほどなるほど、勉強になった。新年を迎えれば自分は下山し中津国に帰ることになるのだから、そういうことも知っておいた方がいいのかもしれない。

世の中には難しいことがたくさん存在しているのだ。それを理解するために教えを受けるのは大切なこと、なのだろう。

今まではミケが率先して教えてくれたけれど、山を下りたらもう彼はいない。彼が今後教えを授けるべきはあのたすき役の少女——次代の、環姫役だ。

今更思い知るその事実に、ちくん、と胸が痛む。

つい勝手に安心したくなって視線をこの場にいるはずのミケへと向けようとしたのだが、しかし。それは叶《かな》わず、亥神にひょいっとあごを捕らえられ、くいっと持ち上げられる。

不意打ちに瞳をまばたかせれば、彼はにやりと笑った。

「憂い顔だな。なんだ、妬《や》いたか？」

「え」

「妬くな妬くな、愛《う》い奴《やつ》め」

タマの戸惑いなど何のその。あごを解放してもらえたと思ったら、今度はきょとんと傾けた頭をがしがしと乱暴に、けれど決して不快にはならない力強さで亥神が撫でてくる。

父や兄という存在がいるならば、きっとこういう風になぐさめてくれるのだろう。なんだか照れくさくなってしまう。

ふにゃ、と表情を崩してみせれば、亥神は満足げに頷きを返してくれる。

そして、一拍すら置かずに、ひゅんっと宙を切る音が、タマと亥神の間に割り込んできた。

え、と思う間もなく、タマは気付く。

ミケだ。

彼が、その手の煙管をまるで刀のように操り、的確に亥神の手を打とうとしたらしいが、その寸前で亥神自身が手を引いたために事なきを得たようだった。

ひえぇ、と息を呑むタマを置いてきぼりにして、ミケは金色の瞳に宿る三日月を剣呑《けんのん》に光らせ、口角をつり上げながらもまったく笑っているようには見えない笑みを浮かべる。

「気安くタマに触れるでないよ。この一年で貴様は何も学ばなかったんか？」

いつになく低い、唸《うな》るような声音だ。ひえええええ、とさらにタマはおののいた。

――ま、また始まっちゃう！

内心で上げた悲鳴が身の内で反響し、冷や汗が背筋を伝う。

そう、またなのだ。亥神がタマのことを構ってくれるたびに、ミケはぴりぴりと周囲の空気を逆撫でる。

「ミ、ミケ様……！　あああああの……」

ほとんど蚊《か》の鳴くような声になってしまったが、それでもなんとか声をかけてみた。

だが、笑っていない笑顔で亥神をにらみ上げるミケは返事をしてくれない。その姿にタマは、いつものアレが始まってしまったことを悟った。

――ミケ様、本当に亥神様が……お好きでないというか……はっきり言ってお嫌いというか……！

この一年というもの、何かと自分のことを気にかけてくれる亥神に対し、ミケは基本的にこの調子である。要はバッチバチに火花を散らしながら喧嘩《けんか》を売るのだ。それはタマの知らないミケの姿だった。

そもそもミケは、裁彦役という、十二支の護衛役というお役目に就いていながら、基本的に十二支のそばにはいない。御社で気に入る場所を見つけては、そこでうとうととまどろんでいるのが常であり、そうでなかったら、御社の管理に駆け回るタマについて回ってくれるかのどちらかだった。

それは少しばかりどころではなくまずいのでは？　とタマが問いかけても、「どいつもこい

つも大人《おとな》しく守られてくれるような奴らじゃないさね」と肩を竦めるばかりで、五年目を数える頃《ころ》には「そういうものなのかも」とタマも思うようになっていた。

にもかかわらず、亥神に対してミケはこれだ。この一年というもの、タマはハラハラさせられっぱなしである。

「おお、裁彦。お前もいたのか？」

「最初からいたとも。もう耄碌《もうろく》したか、この色ボケじじぃが」

「言ってくれるものだな。若作りばかりがうまい小僧がお目付け役とは、お前も苦労するな、環姫よ」

「いいいいいえ、ミケ様には大変よくしていただいております……！」

しかもこうして亥神が望んで喧嘩を買い、その上でタマを巻き込もうとしてくるのだからもう始末に負えない。

冷や汗をかきながらぶんぶんと顔と両手を左右に振ってみせれば、チィッ!! と盛大な舌打ちをしたミケがまた低く唸った。

「誰《だれ》がお目付け役だって？」

「お前に決まっているだろう、裁彦よ。なんだ、保護者面の方がお好みだったか？　それは失礼した」

「…………」

わざとらしく謝罪を口にする亥神は完全に面白がっているようだ。ミケが整った眉をぴくりと震わせて、すっと愛用の煙管を再び傾けたのを見たタマは、慌てて二人の間に割り込む。

「あああああああの、それより、それよりも！　亥神様、私に何かご用でしょうか？　夕《ゆう》餉《げ》にはまだ早いお時間かと思いますが！」

「おお、そうだった。すまんな、裁彦。お前と遊んでやるのはまた今度だ。それよりも環姫。酒のつまみを用意してくれないか？　夕餉の前に一杯やりたくてな」

「はい！　かしこまりました」

亥神の性格上、とんでもない無茶ぶりをかましてくるのではないかと一瞬危惧《きぐ》したが、それは杞憂《きゆう》に終わった。

亥神だけではなく、神々の多くは酒を好む。この御社には定期的に時不知山のふもとから酒や食料が運ばれてくるため、十二支の要望に応えるのにあたって困ったことはない。加えて、これまでの環姫役が、膨大な量の料理の手順書を書庫に残してくれている。その中でも、特に、亥神が言うような酒のつまみの手順書に関しては、何度読み返したことか。

――私も、たすきちゃんに何かの手順書は残してあげたいなぁ。

どうせならば調理場で隣に並んで直接教えてあげられたらいいのだけれど、今のところその見通しは一切立っていないところが悲しいところである。

たすきは当然のように調理を手伝ってくれるが、彼女の場合、タマの手伝いというよりも、本人が一から十まで一人で一品を作り上げてしまうのだから。

「ご要望はございますか？　ちょうど昨日《きのう》、新鮮なほうれん草とながいもが届けられました。お醤油《しょうゆ》と牛酪《ぎゅうらく》の炒め物などいかがでしょう？」

「ああ、それはいいな。ついでに環姫よ、お前に酌を頼みたいのだが？」

「申し訳ございません。何分、今は師走にございます。まだまだ私の仕事は山積みでして」

ただでさえ、今の十二支を高天原へと送り出し、次の十二支を迎え入れる準備に追われる師走は忙しい。

加えて、今年はタマにとって十二年目の師走だ。十二支は十二年でひとめぐりする。その最後を飾る亥神の師走は、例年以上に忙しいのである。

彼の世話と要望をこなすのが環姫役としての役目であるとはいえ、ここで酒の付き合いをするほどの余裕はタマにはない。

亥神も自分で言っておきながら、そのことをよくよく理解しているのだろう。あっさりと彼は「そうか」と笑った。

「つまらんが仕方あるまい。ならば裁彦、お前が付き合え」

「やだね。お前さんと酒を飲むくらいなら、川に飛び込んだ方がマシさね」

「は、水が苦手なお前にそこまで言わせるとは、我も嫌われたものだ」

「俺は水が苦手なんじゃなくて嫌いなんよ。勘違いはよしとくれ」

「ああ、悪いな。苦手ではなく怖いのだったか？」

「とうとう耳まで遠くなったんか？　ああやだやだ、年は取るもんじゃないねぇ」

打てば響くような言葉の応酬だ。一年も聞かされ続けているというのに、いまだに慣れることができていないタマは、あわあわと二人の整った顔を見比べるばかり……では、いられない。

「そこまでです！　お、お二人とも落ち着いてください……！」

いまだに慣れてはいなくても、制止の声くらいは上げられるようになった。これも成長かしら、と思いつつ、「そこまで、そこまでですよ」と自らに言い聞かせるように繰り返すタマに、亥神はくくっと喉を鳴らし、ミケはフンと肩を竦めた。

「環姫に免じてここは引いてやろう。せいぜい環姫に感謝するのだな、裁彦よ」

「それはそれは、ありがたくて涙が出るぜ」

「ミケ様！　ああぁもう、亥神様になんてお口を……！　申し訳ございません、亥神様。あの、ミケ様をあおらないでくださると大変ありがたいのですが……」

もう何度似たようなやりとりを繰り返してきたかは知れないが、それでもなおまだまだ血気盛んらしいミケと亥神をとりなすタマである。

守護対象に喧嘩を売るミケもミケだが、わざわざ売られた喧嘩に色を付けて買い取る亥神も亥神だ。

タマよりもずっとずっと年嵩《としかさ》であるはずなのに、年若い少年のような反応の二人にそろそろ頭痛がしてきた。いや、タマは年若い少年と実際に接したことがあるのは、七歳までの話であるから、実際はまた少し異なるのかもしれないけれど、それにしても。

そろそろタマが音を上げようとしていることに、付き合いの長いミケはようやく気付いたらしい。その身にまとっていた険を帯びた雰囲気を収めて、ぽんぽん、とタマの頭を軽く叩くように撫でてから、彼は口角をつり上げて亥神を見上げた。

「亥神よ。仕方ないねぇ、付き合ってやろうぞ。飲み比べといこうじゃないかえ」

「ほう、上等だとも」

「結局そうなるんですね……」

例によって例のごとくいつもと同じところに決着するミケと亥神に、がっくりとタマは肩を落とした。どうせこうなると解っていたのに、毎回焦ってしまう自分が悲しいし情けない。

実はこのお二人、仲がとってもよろしいのでは……？　とこっそり思ってはいるのだが、実際に口に出したことはない。特にミケに思い切り否定されるのが目に見えているので。

――こういうミケ様のお姿を、十二年目で見られるなんて。

この十二年間、記憶にある限り、いつも余裕たっぷりだった彼が、亥神に対して鋭く牙《きば》を剥《む》いている姿は、いつだってタマに新鮮な驚きを覚えさせてくれる。

それとも、今までタマが気付かなかっただけで、彼はいつだってこんな風に、自覚していた以上に身近な存在だったのかもしれない。そう思うと、自分がとてももったいないことをしてきたような気がする。

――私、本当は、ミケ様のことをなんにも知らなかったのかしら？

そろって自ら酒蔵に向かうミケと亥神を見送りながら、内心でほうと溜息を吐《つ》く。そしてタマもまた、二人が望む酒のつまみを作るために、調理場へと向かうのだった。


それから数日。

他の月と比べても、師走は特別しなくてはならないことが多く、目が回るような忙しさだ。

たとえば、御社をすみずみまで掃除し、古いものを整理する煤払い。

たとえば、門松に使うための松を用意するために時不知山の奥に分け入る松迎え。

もちろん正月飾りは門松ばかりではなく、注連縄や注連飾り、玉飾りや餅花《もちばな》、その他さまざまな縁起物を準備しなくてはならない。

十二支がひとめぐりする今年は、通常の家事に加えて、たすき役にこれらの引継ぎを改めて行う必要があり、タマは毎日のようにたすきに声をかけている。

の、だが。

「西の間の煤払いを終えました。また、こちら、羽子板と破魔矢もご用意しております」

「あ、ありがとう……」

畳の上に三つ指をついてことさら丁寧に礼を取るたすきに、タマはたじたじとなりながらもなんとか礼を返した。

目の前に並べられたのは、見事な出来栄えの羽子板と破魔矢だ。

可憐《かれん》な振袖姿の女性の姿が描かれた前者。愛らしい土鈴、やはり愛らしいねずみが描かれた絵馬と、開運招福を願う札が揺れる後者。

どちらも、繰り返すが大変見事な出来栄えである。

「たすきちゃんが、一人で作ったのよね？」

「さようにございますれば。何か問題でもございますか？　それからわたくしめのことは『たすき』とお呼びくださいませ」

「…………」

ここで、「私も一緒に作りたかったな」なんて言えるほど、さすがに図太くはなれなかった。なんならタマが作るよりもよっぽどすばらしい出来の正月飾りを前にして、どうしてそんなことが言えようか。

——本当に、私とは大違いすぎる……！

ただただ目の前の少女のあまりにもできすぎている姿に感動するより他はない。

こちらとの必要最低限以上の接触を避けて行動しているらしいたすきの振る舞いに思うところがないわけではない。けれど、そうやって自らができることをこなしていく彼女の姿は大層立派なもので、下手《へた》に口出しするのはちょっとどころではなく違う気がする。

「たすきちゃんはすごいのね……」

だからこそ、こうしてほとほと感心しきって感嘆の吐息をこぼすことしかできないのだ。そんなタマを、たすきの大きな黒瞳がじろりとにらみ上げてくる。

「たすき役ともあれば、これくらいできて当然にございます。今更環姫様に教わることなど何もございません」

「そ、そっかぁ……」

「はい。その証拠をご覧に入れてみせましょう」

わずか七歳の少女とは思えない、すっかり一人前の口調で続けたたすきが、立ち上がりざまに「こちらへ」とタマを促した。

首を傾げつつも、さっさと先を行き始めた彼女の後を追い、そうしてタマは、普段はほとんど寄り付く必要がない、この御社の正門へとたどり着く。

――この間、ここから御社にたすきちゃんを迎えたのよね……って。

ぱちん、とそこで大きくまばたきをする。たすきを迎え入れた時にはなかったものが、そこにある。

見間違いかと思って目をごしごしとこすっても、そこにある〝それ〟は消えることなくやはりそこにある。

うそ、と唇をわななかせるこちらを、すまし顔ながらもどこか得意げに、そしてどこか見下すように、たすきはじっと見上げてくる。

そのまなざしがますます目の前の〝それ〟が現実であることを思い知らせてきて、いよいよタマは声を震わせた。

「た、たすきちゃん、この門松はどうしたの?」

「わたくしが作りました」

それが何か、とでも言いたげな口調と声音である。

そう、門松だ。新年を迎えるにあたって必要な正月飾りの中でも、代表的なものの一つ。

タマの記憶が確かならば、門松は、まだ土台として三本の太い竹が組み立てられていただけだったはずだ。それなのに、飾り気も何もなくそっけなかったはずの竹は南天や熊笹《くまざさ》、梅の老木や楪で華やかに飾られ、主役である松が誇らしげに青々と陽の光を受けてつやめいている。

その松は、四季を問わない木々や花々が自らがもっとも美しい姿を見せつけ続ける御社の庭から取れるものではない。門松のための松は、と、そこまで考えが至ったタマは、さあっと顔から血の気が引くのを感じた。

「まさか、一人で松迎えを!?」

「さようにございまする」

ほとんど悲鳴のようになりながらもなんとか問いかければ、返ってきたのは「今更何を」と言わんばかりのあっさりとした肯定だった。

この御社における松迎えは、時不知山の奥地に分け入って、自生している松を取ってくることにある。

十二年間同じことを繰り返してきたタマですら、一人では御社からは出ないというのに、こんなにも幼い少女であるたすきは、たった一人で松迎えを終えてきたというのだ。

それはタマが褒めるべきことではなく、先輩として叱《しか》らなくてはならないことだ。

万が一、山で迷ったら。万が一、動物に襲われたら。

その時、たすきがたった一人だったとしたら、最悪の結果になりかねない。

「ったすきちゃん！」

ぶるりと全身が震え上がった。ざあっと全身が熱くなるような、あるいは逆に冷たくなるような、奇妙な、そして圧倒的な衝動に襲われる。

タマの顔色が変わり、いつにない剣幕を身にまとったことに驚いたのだろう。たすきがびくっと身体を震わせてこちらを見上げてくる。その両肩をそれぞれの手でしかと掴むと、彼女がいかに小さく幼い存在なのかを改めてまざまざと思い知らされる。

「たすきちゃん。もう二度と、お山に一人で入ることは許しません。自分がどれだけ危ない真似をしたか、あなたは解ってない。あなたが無事なのは、運がよかっただけなの」

そうだとも。たすきのしたことは、褒められるべき勇気ではなく、許してはならない無謀だ。

自分もまた、かつて、たった一人で山に入ったことがあるからこそ、その恐ろしさを誰よりもよく理解しているつもりだった。

――そう、私の時は、ミケ様が叱ってくださった。

いつにない剣幕で叱られたことを、どうして忘れられようか。

そして今、ここにはいないミケのかわりにたすきを諫《いさ》める役目は、タマのものだ。まだまだ幼いたすき役の少女のことを導くのは、他ならぬ環姫役であるこの自分。だからこそ、持ちうる限りの言葉を尽くして、たすきのことを叱ったつもりだった。だが。

「お山に入ってはならぬとは、わたくしは教えられてはおりませぬ。環姫様がお一人でお山に入ってはならないと言い含められていらっしゃるのは、環姫様に至らぬところがあるからでは？」

「そ、そんなこと……！」

「ない、と、本当に断じれますか？」

「うっ」

重ねて問いかけられると自信がなくなってくる。確かに、タマがあまりにも頼りなかったからこそ、ミケはあれほどまでに怒り、叱ってくれたのだろうという思いはある。だが、だがしかしだ。それはそれとして、いくら何もかもよくできているたすき役であるとはいえ、幼い少女が山に一人で分け入るだなんて真似を許してはならないはずである。それなのに。

――私の言葉は、たすきちゃんにちっとも響いてない……！

響くどころか届いてすらいない様子だ。たすきの愛らしいすまし顔は、いかにも「わたくしは何一つやましいことなどございませぬ」と言葉にするよりもよほど雄弁に物語っている。

けれどここで引くわけにはいかなかった。だってそうだろう。

「たすきちゃん」

「何でございましょう。わたくしは、間違ったことなど……っ⁉」

皆まで言わせず、抱き締める。腕の中でたすきが驚いたように息を呑んだけれど、構うことなくぎゅうぎゅうと両腕に力を込めた。

言葉が届かないならば、もうこの手で実力行使するより他はないと思った。どうか聞いて、どうか届いて。そう願いながら、ぎゅ、とさらに力を込める。

――私の、せいだわ。

たすきに自身の行動がいかに危ういものであったのか自覚がないのも仕方がない話だ。だって、タマはその危険性を教えなかった。本来であれば、何よりも先に言い含めなくてはならない大切な約束であったのに。

「本当に、無事でよかった……！　ごめんなさい、私がしっかりしていなかったからっ！」

せめてミケと一緒だったというならば、「それならば安心だこと」と頷けたはずだ。けれど彼は、基本的には最近もタマのそばにいてくれた。その間も、たすきはたった一人だったのだ。

この少女はどんな思いですごしていたのだろう。役目をはたすため、なんて言われても……

いいや、言われたからこそ、幼い少女は山に一人で入ってしまったのだ。

らしくもなくぽかんとした様子のたすきから身を離し、彼女と一度視線を合わせてから、タマは深々と頭を下げた。

「ごめんなさい、たすきちゃん……いいえ、たすきさん。先達として私は、してはならないことをしました。今後はこのようなことがないよう努めるわ。だから、あの、よければ次からは一緒に……」

「――――無用な気遣いにございいまする」

「っ！」

けんもほろろに拒絶され、タマは思わず下げていた頭を持ち上げた。そのタマの視線の先にあるのは、不快をあらわにした少女の、大人びた嘲笑《ちょうしょう》だった。

「わたくしは当代たすき役、次代環姫役として、天神社にて完璧に仕込まれております。生後間もなく天神社に召し上げられたわたくし一人で、此度《こたび》の年替わりの儀への準備は十分こなせますとも。それこそ、ろくに天神社で教えを受けられなかった環姫様よりもよほど立派に」

「それ、は」

そこを突っ込まれるとぐうの音も出ない。

天神社とは、中津国における、御社と連携する神社の総本社だ。

時不知山のふもとに位置するそれは、大御神の託宣《たくせん》により選ばれるたすき役を召し上げて、次代の環姫役としてふさわしくなるように教育を施す役目も担っている。

タマは、天神社に降りる大御神からの託宣が届かないほどのド田舎《いなか》の生まれだ。

だからこそ天神社に召し上げられるのが遅れに遅れ、御社に迎えられねばならない七歳の師走の直前になってから、ようやく天神社の使いと対面することになった。

ゆえに天神社で御社での振る舞いに関する教えを受けられた期間はわずかであり、ほとんど着の身着のままで御社に放り込まれたようなものだった。

それでもなおなんとか環姫役としての役目をはたせてこられたのは、ひとえに先代環姫役の教え方が非常にうまかったから、そして何より、ミケという、御社の何もかもを知り尽くす、誰よりも頼りになる存在がいてくれたからこそに他ならない。

そんなこちらに対して、目の前の少女のなんて立派なことだろう。

本人が言う通りならば、天神社の長く厳しい教えに耐え、それらを完璧に修め、その上でこの御社にやってきたのだという。その事実に疑う余地なんてどこにも見当たらないほど、彼女のこれまでの立ち居振る舞いが完璧であったことを、タマは改めて思い知る。

思わず口ごもったこちらを小馬鹿にするように瞳をすがめたたすきは、堂々と胸を張って、自らが作り上げたのだという門松を示してみせた。

「よくご覧くださいませ。わたくしが作った門松に、何の不足がございましょうか？」

問いかけの形を取っていながら、その台詞は自信に満ち満ちていた。それも当然だと思える出来栄えだった。

高天原へと去る亥神と交代で御社に降りてくるのは、子神。

彼が好むのは、松、梅、そして福寿草。

たすきが一人で作り上げたのだという門松は、わざわざタマが教えるまでもなく、それらで美しく飾り立てられていた。

完全にタマが沈黙したことに、たすきも溜飲《りゅういん》が下がったらしい。「ご理解いただけたならば光栄にございまする」と丁寧に頭を下げた彼女は、そのまますっさと御社の本殿へと戻っていく。遠ざかる小さな背中を、見送ることしかできない。

ただ何をするでもなく、どこからどう見ても非の付けどころがない門松を前にして立ち尽くすタマの耳に、やがて、ちりん、と涼やかな鈴の音が届く。

は、と遅れて息を呑んだタマの、それこそ吐息すら触れ合うのではと思えるほどの間近に、美しい金色の瞳が現れたのは、次の瞬間だった。

「ひゃあ!?」

「おお、これは驚いた。いきなり大声を上げるのはよしとくれ」

「悲鳴を上げさせたのはミケ様です！」

「うん？　さよかさよか、それは失敬」

跳び上がって驚くこちらを、さも面白がるように見つめながらも、きちんと転ばないように片腕で支えてくれたミケに、タマはもうなんと言ったらいいのか解らなくなってしまう。

なんだか胸がいっぱいになって、うろ、と視線をさまよわせれば、ミケはわざわざひょいっとタマのあごを捕らえて、がっちりとその視線を絡め取ってくる。

「たすきにいじめられたんか？」

「……たすきちゃ……たすきさん、は、そんなことする子じゃないです」

「ふぅん？」

そうかえ、と、ミケは笑った。

彼の、こちらのあごを捕らえている手の、その指先が、少しばかりずれていき、ゆっくりとタマの、頬の輪郭をなぞっていく。優しい手つきに、もういっぱいいいっぱいの胸がとうとう詰まって、ぐうっと喉が奇妙な音を立てた。

「わ、私」

「うん」

「たすきさんに、この御社が、素敵な場所だって思ってもらいたいんです」

「うん」

「この十二年間、私と、ミケ様と、十二支様だけの三人だけだったけど、でも、さびしくなんかなかったから」

「うん？　初めての年は泣いてばかりいた娘がよく言ったもんやねぇ」

「っそれはそれ、これはこれです！　だからこそ、初めての年は……たすき役と呼ばれている間が、すごく大切なんだと思って！」

「ああ、うん、そうかえ」

くつくつと笑ってくれるミケの姿に、泣きたくなるほど安堵している自分がいる。

ああそうだとも。今、こうして泣きたくなっているのは、たすきに拒絶されているからではない。本当の理由はきっともっと違う場所にある。けれど、その場所をあきらかにできるほど、タマは勇気を持てない。それはきっと、許されてはならないことだからだ。

もうすぐこの御社を去る自分は、あの少女に何ができるだろう。

これからめぐる十二年間の支えの一つになれるようなことを、残してあげられたらいいのに。

そう、これまで、タマのことを支え続けてくれた、こうして今もなおタマのことを見守ってくれている、ミケという存在のように。

「……私、やっぱり、たすきさんと仲良くなりたいです」

つい先日と、同じ願いを口にする。あの時よりも、彼女に決定的に拒絶されるとしても。

年下の幼い後輩として、とは彼女を見るべきではないだろう。対等……とは認めてはくれないことも、解っている。

だからこそ、むしろ自分こそが彼女から学ぶべきだと考え、彼女を尊敬に値する対象として尊重する。よし、まずはここからだ。

そう決意を固めるタマを、何も言わずにミケは見つめてくれている。愚かな小娘だと、思われているのかもしれない。

ミケがそんな風にタマのことを見てくるはずがない。それなのにそう思ってしまうくらいには、今の自分は弱気になっているのだということに気付かされる。

なんだか無性に苦しくなってうつむこうとすれば、今度は両手で頬を包み込まれ、そのままゆっくりと顔を持ち上げられる。

間近で見る金色の瞳は、やはり苦しくなるくらいに綺麗《きれい》だった。

「タマ」

「……はい、ミケ様」

とっておきの秘密を打ち明けるかのような、ひそやかなささやき声。

「大丈夫だ。安心しぃ」

ともすれば聞き逃してしまいそうなほどにかすかな声に、自分でも驚くほど必死になって耳を澄ます。

いつか聞いた台詞と同じだと、そう思った。

家に帰りたい。父に、母に会いたい。そう泣きじゃくる幼い自分に、今も昔も何一つ変わらない美しい青年は、そおっとタマにささやいてくれた。

「あの女童は、確かに一人でも、十分すぎるほど当代たすき役として、そして、次代環姫役として、その役目をはたせるかもしれんなぁ」

ぐ、と息を呑む。その通りだ。改めて突き付けられる現実は、悔しいと思うことすらできないほどその通りだった。

解ってますよ、そんなこと。意地悪なことをおっしゃるんですね。

そう八つ当たり交じりに反論しようとしたのだけれど、できなかった。ミケがふふ、と、大層誇らしげに笑みを深めたからだ。

「せやけどねぇ、タマ」

そのミケの笑みに我知らず見惚《みほ》れるタマを置き去りに、彼は続ける。

「俺がタマと呼ぶお前さんにしかできないこともある。お前さんだからこそできることをするがいいさ」

「――――はい、ミケ様」

この言葉を、忘れないでいようと思った。

ミケがくれたこの言葉を。そのやわらかな声音を。タマ自身よりもよほど誇らしげで自慢げな、美しい笑顔を。

たとえ山を下りて只人として何年、何十年生きようとも、決して忘れない。忘れられるはずがない、と、タマもまた、ミケに笑い返した。

不思議と込み上げてきた涙は、流れることなく、そのままタマの身の内にまた沈んでいった。

第二章　いきはよいよい　かえりはこわい

そして、タマのタマによるタマのための、ある意味では極めて一方的な闘いが始まった。

――私が先輩ぶる必要なんてなかったんだわ。

――たまきさんの方がずっとずっと、所作も知識も完璧《かんぺき》なんだもの。

――私こそが、たまきさんから教わらなきゃ。

相手が七歳の幼い少女であろうとも関係がない。残り一月もない環姫《たまき》役としての役目だろうとも――いいや、だからこそ、最後に花を飾れるように努めたいとタマは思った。

そういう視点になってみると、いかにたすきが優れた〝たすき役〟であるか、そして自分がいかにいたらない〝環姫役〟であるかを痛感する。

しょんぼりと落ち込みそうにならないわけではないが、そんな暇があるのならばたすきに倣《なら》って精進する方がよっぽど建設的だ。

「たすきさん！　お時間あるかしら？　よければたすきさんの得意料理を教えていただきたいのだけれど」

「たすきさんはお掃除もお上手ね。ああ、そうよね、お掃除は上からしなさいって私も先代様に口を酸っぱくして言われたのに……ついつい忘れがちになってしまうわ。さすがたすきさん！」

「たすきさん、この割烹着《かっぽうぎ》にあった墨汁の染み、どうやって取ったの？　私がどれだけ洗っても取れなかったのに……ええ？　お米粒を使って？　そんな方法があるのね、知らなかったわ」

だからこそ、事あるごとにたすきについて回っては声をかけるという非常に原始的な闘いを、飽きることなく繰り返す日々である。

あれそれと今までになく頻繁にタマがつきまとってくることに、たすきとしては思うところがないわけがないらしい。

「こんなことも知らないのですか？」

「この十二年、何をなさっていたのだか。裁彦《たつひこ》様のご苦労がしのばれますわ」

「せめてかつらむきくらい、身に着けておくべきでございましょうに」

……と、それはもう最初から最後まですげない態度を取ってくれる。一から十まで『触れたらば斬《き》る』とでも言わんばかりの様子にこれはこれでそろそろタマもめげそうになってきた。

だが、それで諦《あきら》められるようならば最初からこの闘いに臨む真似《まね》などしない。そちらがその気であるのなら、と、たすきのことを無視することだってできるのだ。けれど。

――たすきさんが、これから十二年の中で、こんな日々もあったのだと思い出してくれるように。

タマがすごした十二年の中で、今もなお、先代環姫役との日々は色鮮やかに息づいている。

「たすきちゃん、あなたも次のたすきちゃんに、あなたができることをしてあげてちょうだい」と、最後の別れの夜に頭を撫《な》でてくれた彼女のことを、どうして忘れられようか。

あの夜、泣きじゃくりながらタマは何度も頷《うなず》いた。短い間しか一緒にいられなかったけれど、大好きになる理由に時間なんて関係ない。彼女との約束をはたしたい。

そして何より、とタマは思うことがある。

結局、当代たすき役である少女が、たとえタマのことをどれだけ馬鹿《ばか》にし、どれだけ呆《あき》れたとしても構わないのだ。

十二年もの月日の中で、心が折れそうになることは一度や二度ではすまないことを知っている。御社の暮らしがいくら穏やかであったとしても、いつかきっと苦しくなる時が来る。

その時に、「あんな人にも環姫役がはたせたのだから」と、環姫役となった少女の心を奮い立たせる理由になれたならば。

そのためならば、いくらだって頼りない道化にされたって構わない。だから。

「たすきさん、休憩にしましょう？　ミケ様からおやつに金平糖をいただいたの。ほら見て、綺麗《きれい》でしょう？」

「……！」

つい先ほどミケが「たすきとお食べ」と手渡してくれた小さな小箱の蓋《ふた》を開けると、その中には色とりどりの小さな星屑《ほしくず》……ではなく金平糖が、みっちりと詰まっていた。きらきらと輝くようなそれは、食べるのがもったいなくなるくらいに綺麗なものだ。

御社に奉納される品々の中で、環姫役やたすき役が自身のために自由にできる甘味は貴重だ。ミケもそれが解っているからこそ、たすきとの橋渡しとなるように気を利かせてくれたのだろう。ありがとうございます、と内心で繰り返しながら小首を傾《かし》げてみせると、頬《ほお》を紅潮させ、瞳《ひとみ》を輝かせてタマの手の小箱を見つめていたたすきが、ハッと息を呑《の》んだ。

あ、と思う間もなく、彼女は表情を引き締め、ぱっと金平糖から目を逸《そ》らしてしまう。

「師走《しわす》のこの時期に、休憩などしている暇はございませぬ。ご休憩なさるならば環姫様だけでなさいませ。わたくしは……」

「──まあまあ、そう言うな」

「！」

割り込んできた声の方を見遣《みや》れば、とっくりを片手に亥神《いのかみ》が堂々とやってくるところだった。どうやら彼は、また勝手に酒蔵に入り、お好みの酒を失敬してきたらしい。

まあ御社のものはすべてその年の十二支のためのものなのだから問題ないのでタマは苦笑するだけに留《とど》めたが、たすきは苦笑だけですませることはできないようだった。粛々と頭を下げ礼を取った少女は、改めて大柄な亥神を見上げた。

「亥神様、ご用命とあらばこのたすき、どのようなおつまみでもご用意いたします」

「ああ、悪いな。だがまあ腹は空いておらんし、たすきよ、せっかくの環姫からの誘いだ。お前も休憩してくるがいい」

「っで、ですが」

「なぁに、我のことは構うな。環姫に酌をしてもらうだけで十分だ」

「え」

亥神に意味深に笑いかけられ、思ってもみなかった方向からの発言にまばたきを返せば、彼はこの手の金平糖の小箱をするりと奪い、そのままそれをたすきの小さな手に握らせる。

「幼いお前への環姫からの配慮を無駄にするな」

「…………はい。それでは、失礼いたしまする」

ぎゅううう、と、たすきが小箱を両手で握り締めたのは、その小箱を手放したくないから、というわけではないだろう。

しかし自身の不満を口にすることなく、少女は深々と頭を下げると、そのままタマの横を足早に通り過ぎていく。その際に、しっかりばっちりこれ以上ないのではないかという勢いでこちらをにらみ付けていくのを忘れないあたり、本当に彼女は徹底している。

ひえええ、と内心でおののきながら小さな背中が見えなくなるまで見送ってから、タマは眉《まゆ》尻《じり》を情けなく下げて「亥神様……」と震え声を発した。

「お気遣いはありがたいのですが、さっきのはちょっと……。たすきさん、あれ、絶対に、私のせいでお仕事が奪われたって思ってますよ」

「だろうな」

「解っていらっしゃるならもう少しなんとか、こう、なんとかならなかったのですか？」

「あのたすきの性格上、あれくらい押し切らんと素直に休憩なぞせんだろう」

「それは、まあ、そうなんですけども……」

そう言われるとぐうの音も出ない。この御社に来てからというもの、たすきはずっと働き通しだ。最初は立派なものだと感心していただけだったのだが、あまりにも彼女が何もかも一人でやり遂げようとしている姿を見ていると、感心だけではすまなくなってきた。

だからこその金平糖だったのだけれど。

「ちゃんと休憩してくれるといいんですが」

「我の命であるという手前、あれもそうそう無下にはせんはずだがな」

「……そう、ですね。ありがとうございます、亥神様」

「大したことではないぞ。だがそうだな、礼と言うならば、やはり酌を頼めるか？」

視線の高さまでとっくりを持ち上げてゆらりと揺らす亥神に、タマは呆れ交じりの苦笑を浮かべて「少しだけでしたら」と口添える。

「亥神様もミケ様も、本当にお酒がお好きですこと」

「まあな。しかしこら、環姫よ」

「はい？」

「いちいち裁彦のことを持ち出すのは、少々どころでなく面白くないぞ。今、お前の目の前にいるのは我だ。我のことだけを考え、想《おも》うのが、環姫役としてのお前の務めだろう。つれない女もまた味なものだが、我は我慢は好かん。愛《う》い姫よ、我に我慢をさせてくれるな」

「え、あ、ええと……」

からかうようなその言葉に、なんと返したらいいのか解らなくなる。

――口説かれている、って、こういうこと？

もちろん言われるまでもなく自意識過剰だと解っているし、そもそも実際の『口説く』という行為を見たことも聞いたこともないタマには判断の仕様がない。その上でなお、亥神のなんとも意味深な台詞《せりふ》に戸惑えば、彼は、に、と口角を持ち上げる。その笑みはいつも通りの快活なもので、だからこそからかわれているだけなのだと理解できた、の、だが。

――……どうしてかしら。

彼のつやつやとしたどんぐりのような瞳が、タマの全身を捉え、文字通りがんじがらめに捕らえられているような感覚がある。深く暗い色の瞳は、とても濃い色をしているのに、どこまでも澄んでいて、見つめられているとその中に吸い込まれてしまいそうな感覚に陥る。

不思議と肌が粟立《あわだ》って、何とも言えないぞくりとした感覚が背筋を駆け抜けた。

「あ、の。亥神様？」

「なんだ?」

「いえあの」

なんだ、と問い返されてしまうと、今度こそ本当になんと言ったらいいのか解らなくなってしまう。うろうろとなんとか視線をさまよわせて言葉を探していると、くくっと彼は喉《のど》を鳴らして笑い、大きな手でぐしゃぐしゃと頭をかき混ぜるように撫でてくる。

「さて、行くか。つまみは……漬物くらいは持ってきてもらおうか」

「か、かしこまりました」

——気のせい、よね。

亥神のその瞳が怖いだなんて、一瞬でも考えてしまった自分が申し訳ない。ここは彼のご所望通りに漬物を用意し、誠実に酒の席に同席させていただくべきだ。

——たすきさんの様子も、後でちゃんと見に行かなくちゃ。

嫌がられるだろうけれど、「金平糖を分けてほしくて」なんておねだりしたら、ごまかされてくれる気がし……ない。「なんて意地汚い」と眉《まゆ》をひそめられる以外の予想がつかない。

でも、それでも。

——たすきさんとの時間を、諦めたくない。

だからこそ、どんな手段を使ってでも、彼女の心に手を伸ばしてみせる。そう改めて内心で誓い、タマはひとまず亥神と分かれて調理場へと向かった。

そうだとも。たとえたすきにいくら拒絶されたとしても、その記憶すらもきっといつか彼女の支えの一つになれるはずだと、タマは確かにそう、思っていたのだが。

「〜〜〜〜〜〜〜っいい加減に、してくださいませ！」

「っ！」

今日《きょう》も今日とて朝からたすきについて回るタマの手を、たすきはとうとうパンッと自らの手をひらめかせて跳ね除《の》けた。

自分でも予想外に呆然《ぼうぜん》としてしまったこちらのことを、ギンとにらみ上げてくるたすきの黒《こく》瞳《とう》には、苛立《いらだ》ちと、わずかな戸惑いと、それからタマが知りえない、もの言いたげな何かが宿っていた。

「……申し訳ございませぬ。頭を冷やしてまいりますゆえ、御前を失礼いたしまする」

「あ……」

吐き捨てるような謝罪を最後に、こちらの返答を待つことなく、たすきはやはり完璧な所作で一礼して、さっさと踵《きびす》を返して去っていった。

たすきの小さな背中が見えなくなるのを最後まで見送ってから、へなへなとその場に座り込む。ああ、まただ。やってしまった。やりすぎたのだとやっと気付いて、そんな自分の浅はかさをまた悔やむ。

今度こそ嫌われたかしら、なんて、嫌な予感が胸をよぎった。だが、そもそも好かれる要素なんて最初からどこにもなかったことにも気付いて、余計に落ち込む。

いつぞやと同じような状況に陥っている。となれば、と顔を持ち上げたタマの耳に届いたのは、ちりん、という涼やかな鈴の音。

「タマ」

「ミケ様」

ほら、やっぱり。

彼はいつだって、タマが途方に暮れた時に現れてくれるのだ。

泣きたくなっているのは、自分が情けないくらいに弱いせいなのか。それとも、ただミケという青年の存在にどうしようもなく安堵《あんど》してしまっているせいなのか。

きっと両方ね、と、自分でも驚くほどあっさりと結論付けて、タマはぎこちなく笑みを浮かべながら、ミケが差し出してくれた手を取ることなく自ら立ち上がった。

おやまあ、とわざとらしく金色の瞳をまばたかせるミケを見上げて、タマはふんすと両手を握った。

「大丈夫です！　まだまだです、めげませんよ私は！」

「お前さんがそうは言ってもねぇ。たすきは嫌がるだろうよ」

「う」

その通りである。

いくらタマが距離を詰めようとしても、たすきの方がこちらを拒絶するだろう。

今のままでは何一つ事態は好転しないであろうことは理解しているつもりだった。それでも他に方法が解らなくて、結局さらに悪化の一途をたどる現状をどうしたらいいものか。

うぐぐぐぐ、と言葉に詰まるばかりのタマを、ミケはじいと見つめてくる。そのまなざしは決してこちらのことを責めるものではない。しかし同時に擁護してくれるものでもない。

——私、間違っているのかしら。

少なくとも正解ではないに違いない。思い込んだら一直線のその性格をなんとかしろと言われたことは一度や二度ではない。つまりはそういうことなのだ。

その証拠に、日を重ねるごとに、たすきの態度はよりかたくななものになっている。

もうすぐ二十を数える生涯の中で、自分よりも幼い子供と接することなどほとんどなかったから、なんていうのは言い訳だ。

——先代様は、本当に私のことを慮《おもんぱか》ってくださっていらしたのね……。

だからこそ今もなお、先代環姫役のことがタマは大好きだ。同じようにたすきに自分のことを慕ってほしいというのはタマの、すぎたわがままでしかない。

込み上げてきた溜息《ためいき》を重々しく吐き出せば、そんなタマを煙管《キセル》を片手に見下ろしてくるミケが、ふむ、と一つ頷いた。

「ちぃとばかし、お前さんとたすきは、距離を取ってみるべきかもしれへんなぁ」

「え？」

「うん、そうしよか。うんうん、そうしよそうしよ」

「え、えええ？」

何の話が始まったのだろう。戸惑いをあらわにするタマを置き去りに、うんうんうんうんと何度もさらに一人で頷いたミケは、そうしてにんまりと笑みを深めた。

ぞっとするほど美しく、同時になんとも意味深なその笑みだ。

反射的に一歩後ずさる。だがするりと伸びたミケの腕がタマの腰に回され、そのまま軽々と引き寄せられてしまう。こうなればもう、それ以上彼から離れることは許されない。

「ええと、あの、ミケ様？」

「それじゃあ行こうかえ。なぁに、ほんの一日ばかりのことさね。人の子にとっての十二年に比べたら、ひとかけらにすら満たないひとときさ」

「はい？　ですからミケ様、いったい何のお話を……って、きゃっ⁉」

彼の胸に引き寄せられていた身体《からだ》が、そのままひょいと持ち上げられる。まるで絵物語の中の姫君のように抱き上げられているのだと自覚した瞬間、大きく胸が高鳴った。

けれど、そんなとろけるように甘い感覚など、次の瞬間に霧散する。

なにせミケが、そのまま地を蹴《け》り、まるで飛ぶように走り出したからだ。

――ひゃ、ひゃあああああああっ⁉

悲鳴は声にならないまま、風を切る音だけが鼓膜を大きく震わせる。こうなればもう気恥ずかしさなど感じている余裕はない。

必死になってミケにしがみつくと、くつくつと楽しげに喉を鳴らす音が聞こえてきて、いっそ悔しくなってくる。

ちりん、りりりん。

鈴の音が聞こえる。ミケは只人にあるまじき速度で進む。時に駆け、時に跳ね、本当に空を飛んでいるような感覚に襲われる中で、どうして目を開けていられようか。

だからこそぎゅうと目をつむるという選択肢以外に選べないタマは、ミケが自身をどこに連れていこうとしているのか解らなかった。ただ彼に何もかもを預けることしかできない。

そのまま、不意に身を包む感覚が変わるのを感じた。ほんの一瞬で、何もかもが塗り替えられるかのような、奇妙で不思議な感覚。

いったいこれは何だろう。

そう自問して間もなく、ようやくミケの足が止まったことに気付かされた。

「――タマ、そろそろ目を開けとくれるかえ」

「……？」

耳元で促され、抱き上げられていた状態から地に下ろされる。確《しか》と地面を踏み締めてから、恐る恐るまぶたを持ち上げた。

そして、目の前に広がる光景に、タマは大きく息を呑むことになる。

「ここ、は」

まさか、とミケを見上げれば、彼はしたり顔で頷きを返してくる。その笑顔が信じられなくて、けれど改めて視線を前方へと向けてしまえば、もう「まさか」なんて言っていられないことを自覚せざるを得ない。

ああでもそんな、そんなまさか。

我知らず震える身体を支えてくれるミケの顔をもう一度見上げる。彼はやはり笑っている。けれどなぜだか、彼が何を考え、何を思っているのかが読み取れない。

「ん。お祭しの通りさね。あれに見えるが時不知山《ときしらぬやま》のふもと、天神社、ひいては御社へ続く鳥居前町よ」

「!」

見たところここは時不知山の山腰か。

タマの眼前に見下ろすように広がる、にぎやかに栄える町。ちょうど自分とミケが立っている場所に向かって延びる大通り……そう、参道と呼ぶべき道を、見たこともないほどたくさんの人々が行き交っている。

あれが鳥居前町であるというならば、つまりここは、時不知山の鳥居を抜けた先であるということになる。

そんなまさか、ともう一度内心で繰り返しながら、ほとんど反射的に背後を振り仰ぐ。

はるか先、山の中腹に大きな鳥居が見える。見えてしまった。幼い頃《ころ》からずっと、見上げ続けた見慣れた、時不知山の神域へと通じる鳥居だ。

「うそおおおおお……」

「おや、お疑いかえ？　間違いなくこれは現《うつつ》よ。目覚めの口付けが必要ならば俺が……」

「結構です！　そういう問題ではありません！　そうじゃ、そうじゃなくって……！」

何が口付けだ。誰《だれ》がそんな話をしたというのか。

身体が震えるのは怒りのせいでも焦りのせいでもない。

とんでもないことをしてしまったという、やましさと後ろめたさのせいだ。

「わわわ私は、というか環姫役は、お役目をはたしてからでなくては鳥居の向こうに下りることを許されません！　私以上にミケ様はそのことをご存じであるはずでしょう!?　ど、どうしよう、私、禁を破っちゃった……！」

「ああなんや、そないなことか。大丈夫だから安心おし」

「何が大丈夫なんですか!?」

まったく安心できる要素がない。それこそ文字通りの天罰が降っても何一つ文句が言えないこの状況に頭を抱えたくなる。

それもこれもミケが自分を抱えてここまで連れてきたせいだ。どうして、と涙目でにらみ上げれば、彼は心外だと言わんばかりに肩を竦《すく》めてみせた。

「だから大丈夫だというに。まずは話をお聞き、タマ」

ほら落ち着いて、と、頭をぽんぽんと叩《たた》かれる。いつも通りすぎるミケの姿が、今はこんなにも憎たらしい。とりあえずどうぞ、と不満をありありと表情に乗せながらもじっと彼を見上げると、彼はようやく笑顔を苦笑に変えて口を開いた。

「十二年に一度の、十二支がひとめぐりする節目の師走。今というこの時期は、時不知山の神域と、中津国《なかつくに》の俗世の境界が曖昧《あいまい》になる。だからこそたすき役が御社に入内できるとは、タマ、お前も知っての通りだねぇ。となれば、逆も然《しか》りよ。さすがに一週間や二週間というわけにはいかないが、一日くらいなら、環姫役が人里に下りても大した問題にはならんやろ。……まあ、文句くらいは言われるかもしれんがねぇ、そこはそれ、俺《おれ》に任しておくがいいさ」

だから大丈夫、と再び同じ台詞を繰り返すミケは、ただ当たり前のことを言っているだけ、といった風情である。

自信満々に言われるよりもよほど説得力があるその姿に、タマは、反論する気概が奪われていくのを感じた。

——そういうものなのかしら？

にわかには信じがたいが、タマよりもずっと御社について詳しいミケが言うのならば、そういうものなのかもしれない。

「あの、ミケ様」

「うん？」

「どうして私を連れ出してくださったのですか？」

「お前さんとたすきにちょいと距離を置かせて、お互いに息抜きをさせてやろうというミケ様のお優しいご配慮さね」

「……それ、自分でおっしゃいます？」

「ああ自分で言うとも。後は、俺がタマと二人きりで出かけたかったから……ってのが本題だぜ」

「…………本当に、ミケ様はお口がお上手ですよね」

「ふふ、お褒めにあずかり至極光栄」

「褒めてません」

「おや、さよか」

それは残念、とくつくつと笑うミケの姿に、ようやく強張《こわば》っていた肩の力が抜けていく。

今回のこのやらかしは、結局、ミケがタマを思ってしでかしてくれたことなのだ。

ならばこれ以上とやかく言いたくはない。タマがたすきとの距離感を測りかねていることに、彼なりに思うところがあり、こうして荒療治に臨んでくれたらしい。

だったら、もう、仕方ない。

タマにできることは一つだけだ。

「ありがとうございます、ミケ様。もう十分です。それじゃあそろそろ帰りま……」

「は？」

「え？」

そうだとも。タマができること、そしてすべきことは、素直にお礼を言って、改めてたすきと向き合うだけだ。

そう、そのつもりだったのに、なぜかミケがきょとんと眼《め》をまばたかせたものだから、タマもまた同じようにぱちぱちと瞳をまばたかせた。

同じように首を傾げ合い、そして先に口を開いたのはミケの方だった。

「お前さん、何を言うてはるんや？」

「え、ええと」

「まさかこれだけで俺がお前さんを帰すだなんて本気で思っちゃいないやろ？」

「へ……？」

それはどういう意味だろう。

さっぱり理解できずますます首を傾げてみせれば、ミケの整った眉がひそめられ、それまでの上機嫌な様子から一転して、彼はいかにも〝面白くない〟と言いたげな表情をその美しいかんばせに浮かべる。

「ミケ様？」

「せっかくや。このまま逢引《あいびき》と行こまいか。まずは……そうさな、やっぱりその格好から変えよかね」

「え、え、ええ？」

あいびきって、なに？　言葉そのものは知っていても馴染《なじ》みなんてあるはずもない、もちろん体験もしたこともないその言葉。

困惑に身体を硬直させたこちらに、やはりミケはにんまりと深く笑いかけてくる。

身を引こうとした一瞬の隙《すき》をついて身体をまたしても抱き上げられたと思ったその次の瞬間、彼はトンッと地を蹴った。

――あああああうそ⁉

――またなの⁉

あっと思う間もなく、そのまま滑るようにミケは駆ける。目まぐるしく変わる視界のせいで、くらくらとめまいがする。

そうしてようやく彼の足が止まったと思った時には、もう何もかもが遅かった。ただでさえ遠かった御社へと通じる鳥居は今度こそもう本当に見えなくなっていて、かわりに大きな蔵が目の前にそびえ立っている。

人の気配がない静まり返った周囲の雰囲気から、今自分がいる場所が、御社と同じように神聖な場所なのだと察せられた。

「こ、ここは……」

「ん？　ああ、ここは天神社の……なんと言うかねぇ。簡単に言うと、御社への奉納品を集めた蔵さね。ってわけで、ちょいと邪魔するぜ」

「ミケ様!?」

両腕で抱えていたタマを片腕に抱き直し、コンコン、とミケは蔵の扉を叩く。

その途端、大きな南京錠が音もなく外れて地に落ちて、そのままゆっくりと扉が開いた。慌てるこちらの反応など何のその、何もかも慣れたものだと言わんばかりにミケは蔵へと足を踏み入れ、どんどん奥へと入っていく。

蔵は広く、その数に圧倒されるほどに奉納品らしき立派な品々が並んでいるというのに、ミケは迷うそぶりは一切見せない。そうして彼がようやく足を止めたのは、数えきれないほど並べられている箪笥《たんす》の中の、とある一棹《ひとさお》の前でだった。

タマを床に下ろしたミケは箪笥の引き出しを開け、大きな包みを迷うことなく取り出した。

「ミケ様、あの、そんな勝手に奉納品に触れるのはまずいのではありませんか？」

「大丈夫と言ったろう。なぁに、この辺のものはいずれお前さんのものになるものしかないのだから、気にすることなどないさ」

「……？」

相変わらず戸惑うばかりのタマに、くつくつと喉を鳴らしたミケは、取り出した包みを押し付けてくる。

ふわりと鼻孔《びくう》をくすぐる防虫のための香の匂いは、タマが確かに知っているものだ。とはいえそれで安心できるはずもなく、その包み……中に着物が収められているであろうたとう紙を抱えて首を傾げていると、ミケは「さて」と口火を切った。

「ほら、タマ。これを着ておいで。俺は外で待ってるから」

「えっ!?　あああああの、ミ、ミケ様？」

「手伝ってほしいのならやぶさかではないがね」

「そういうわけではありませんけども！」

「うん、なら待っているともさ」

ひらりとミケの手がひらめいて、そのまま彼は蔵から出ていってしまう。

残されたこちらとしてはもう呆然とするより他はない。ないのだがしかし、いつまでもそうしていては風邪を引いてしまう。師走の蔵は当たり前だがとても冷えるのだ。

――ええい、こうなったらやけだわ！

かくしてタマは、ミケの真意が掴《つか》めないまま、恐る恐る、言われた通りに包みを開いて、その中身に袖《そで》を通す決意を固めた。

長襦袢《ながじゅばん》の上に、震え上がるくらいに上等な生地を重ねながら、そういえば、と思い出す。

あれは十六歳になったばかりの頃のことだ。

当時の十二支である申神《さるがみ》は陽気《ようき》ないたずら好きのお方で、いつになく御社はにぎやかだった。かの神は、十二支の中でも特に人間に近い性を持つという。だからこそ彼は何かとタマを呼び出しては、あれやこれやと世話を焼こうとしてくれた。

「お世話をさせていただくのは私の方ですから！」と何度伝えても、彼は「まあいいからいいから」と自ら取り寄せた着物や装飾品で着飾らせてご満悦の様子だった。

その日もタマは髪を、申神に自ら結い上げられて、美しいかんざしで飾ってもらったものだ。触れることすらためらわれるような、美しい金銀細工のかんざしが、動くたびにしゃらしゃらと音を立てた。

そんなはずがないというのに、なんだか自分が一気に成長できた気がした。このかんざしに似合う、一人の大人《おとな》の女性として認めてもらえた気がしたのだ。

だからこそついつい浮かれて、ミケの元にいそいそと足を急がせたものである。

――ミケ様、見てください！　申神様が誂《あつら》えてくださったんです。

――どうでしょう、似合いますか……ミケ様？

意気揚々とかんざしを見せびらかしても、ミケは何も言ってはくれなかった。てっきり「似合う似合う」と笑ってくれると思っていたのに。

それなのに、ただ、ミケのその金色の瞳が、あきらかに剣呑《けんのん》な光を宿していたから、タマはそれまで浮足立っていた自分が一気に意気消沈するのを感じた。あれほどまでに居心地が悪くなったことなどそうそうないだろう。

――あの、ミケ様？

いつにない彼の様子に恐る恐る声をかけた、次の瞬間だった。

彼の手袋に包まれた手が伸びてきて、するりとかんざしを抜き取ったかと思うと、それをそのままぽいっと地面に放り投げたのである。

これにはタマも度胆を抜かれた。「うそ!?」と声を上げることすらできず驚きに固まった。

しかもミケは、それだけには飽き足らず、せっかく綺麗に結い上げられていたタマの髪を、ぐしゃぐしゃとかき混ぜるように崩してしまったのだ。

ひゃあ!?　と今度こそ悲鳴を上げるタマの反応などなんのその。彼はそのまま、タマの髪に指を通し、改めて器用に編み上げたかと思うと、そのまま懐から取り出した何かをそっと挿し入れてくれた。

――あ、あの、ミケ様、どうなさったんですか？　せっかく申神様が……。

――あの猿より、俺の方がタマのことをよく知っているんだがねぇ。

――え、あ、は、はい……？

それは確かに、一年以上の付き合いは許されない十二支と比べたら、環姫役としてのタマとずっと一緒にいてくれる裁彦役であるミケとの付き合いの方が圧倒的に長く、お互いに深く理解し合っている、と言えるのかもしれない。

だがだからと言って、何がどうしてこうなるというのか。

首を傾げるばかりのタマに、ミケは懐から手鏡を取り出し、不機嫌そうにそれをタマの手に押し付けてくる。

——ほら。見てごらんよ。

——え、あ……。

鏡に映る自分は、器用に髪が結い上げられていて、そこに鮮やかな赤い珊瑚《さんご》が飾られた玉かんざしが挿されていた。串神が挿してくれたかんざしのようなきらびやかさはないが、つやめく珊瑚は華やかで、十分すぎるほどの花をタマに添えてくれている。

これは、と瞳をまばたかせると、ミケは相変わらずむっすりとしたまま、口を開いた。

——十六の祝いよ。あの猿に後れを取ったのが腹立たしいが、ほら、タマ。こっちのがお前さんによく似合う。

なんとも悔しげに、けれど珊瑚のかんざしで飾られたタマを満足げに見つめてくるミケに、タマは思わず笑ってしまったものだ。

——私、なかなか素敵な女性になったでしょう？

冗談交じりにそう問いかけた。

どうせ「そういうことを言っているうちは、まだまだ子供であろ」とでも笑われるかと思ったのに、ミケの反応は予想外のものだった。

――……そうさな。お前さんも、もう立派な姫君なんやねぇ。

――え、あ……。

――知っていたはずやし、それでいいと思ってたが……いやはや、ああもう、悔しいものよ。

まぶしげに瞳をすがめて、そっと頬を撫でてくれた彼に、らしくもなくどぎまぎした。

そのままミケがくれた珊瑚のかんざしは、今でも大切に、タマの鏡台の引き出しにしまわれており、時折取り出してはうっとりと眺めている……なんて、ミケには言えない秘密である。とっくにばれている気もするけれど。

――こんなことになるのなら、あのかんざしを持ってくればよかったわ。

自分でも驚くほど残念に思いながら、きゅ、と帯締めを締めて、おはしょりやすそを整えて、よし、と頷く。これで完成、問題ないはずだ。

「…………あの、ミケ様。これでよろしいですか？　って、わあ……！」

そうしてなんとかかんとかようやく着替えを終え、元々身にまとっていた巫女《みこ》装束を抱えながら、おずおずと蔵の扉から顔を覗《のぞ》かせる。

続けてタマは、まばたきののちに、それまでの緊張感を忘れて思わず歓声を上げた。

「猫ちゃん！　すごい、こんなにたくさん……！」

猫だ。ゆうに十を超える数の猫が、そろってごろごろと喉を鳴らしながら、蔵の扉のすぐ隣の壁にもたれかかり煙管をふかすミケにまとわりついている。

黒猫、白猫、キジ猫、サビ猫、ハチワレ猫、などなど、種類を問わない猫達だ。

どこを見ても愛らしい光景に自然と顔がほころんでしまう。

「俺がお前さんを待っている間に、集まってきちまってねぇ」

困ったもんさね、と、戦闘長靴のつま先でころんころんと猫をあやしていたミケは、そこでようやくタマへと視線を向けてくれた。

ぱちんと目が合い、改めて自身の姿を思い出したタマは、気恥ずかしさについはにかんでしまう。

その途端、すとん、と、ミケのかんばせから表情が綺麗に抜け落ちた。いつものような笑みはそこになく、いっそ恐ろしいほどの無表情である。

そうしてそのまま、じいいいいいいっと穴が開くほどに凝視される。

――そ、そんなに変かしら？

――着付けも下手《へた》だし、そもそもこんな振袖なんて……！

今更ながら無性に居たたまれなくなり、タマはこうべを垂れた。一つにまとめていたはずの長い髪は、今は背に流されるばかりになっている。その黒い流れが、タマの所作に逆らうことなくさらりと前へと落ちた。

得意ではないけれど精一杯の手入れをかかさない黒髪が映える、淡い象牙色《ぞうげ》の地。その上に四季折々の花々とともに、邪悪を退け福を招くとされる扇模様が、豪奢《ごうしゃ》に、けれど決して華美ではない品のよさで描かれた振袖を、タマは身にまとっていた。

そもそも振袖は未婚女性の正装だ。いきなりぽんと渡されて、目的も解らないままに自分一人で着るような機会などそうそうないものである。

それなのにミケに押し切られて……というのは、違う。そんなものは言い訳だ。

つつましやかな巫女装束とは正反対とも言える振袖を見て、つい調子に乗ってしまったのは自分自身だ。嬉《うれ》しかったのだ、素直に。

ああでもやっぱりこんなにも素敵なお着物なんて、似合わないわよね……と、先ほどとはまったく異なる恥ずかしさに襲われ、タマはますますこうべを垂れさせる。


「――――こりゃあ、見事なもんだ」


純粋な感嘆がにじむ声。

え、と息を呑む間もなく、あごに手袋に包まれた手が寄せられ、そのままくいっと持ち上げられる。

三日月が宿る金色の瞳が、驚くほど間近にあった。

「悔しいねぇ。これを俺以外の奴《やつ》らにこれから見せてやらねばならんのかえ？」

「え、あ、あの」

「俺が選んだんやからそりゃあ似合うやろと思っちゃいたがこれは……いや、むしろ見せ付けてやって自慢すればいい話よな。うん、やむなし仕方なし。そういうことにしておいたろ」

「ミケ様、あの、何の話をなさって……」

「タマ」

「は、はい？」

「最後の仕上げさね。このまま動くでないよ」

それはつまり、こうしてあごを持ち上げた状態でいろ、ということらしい。

頭の上に疑問符を飛ばしながらも大人しくそのままミケを見上げ続けるタマの視線の先で、彼は懐から何かを取り出した。

視線だけでそちらを見遣れば、それが金塗りの合わせ貝であることが解る。

ミケはそのままそれを音もなく開いてから、はたと気付いた様子で片手の手袋を自らの口で咥《くわ》えてはずした。その手袋を咥えたまま、彼は片目をすがめてあらわになった片手のその小指を、開いた金塗りの貝の内側に滑らせる。その小指は、そのままタマの唇へと寄せられた。

とんとんと叩くように口紅が塗られているのだと、やっと気付いた時にはもうミケの手は離れていて、彼は大層満足げにこちらを見下ろしていた。

「うん、よきよき。ますます誰にも見せてやりたかないが、俺は大人だからねぇ。さすがに今更やめようとは言わないぜ」

「は、はあ」

「それじゃあ今度こそ行こうかえ。ほらほらお前達、どいたどいた。姫君のお通りさね」

ごろごろごろごろ、なぁお、なあああお、と、相変わらず口々に甘えた声を上げながらミケに懐く猫達を、踏まないように配慮しつつもきっちり蹴散らして、ミケはいまだに状況がつかめていないタマの手を引いてくれた。

――ええ、っと？

――とりあえず、私、今から町に出るってこと、よね？

つまりはそういうことらしい。

ミケのこの様子から察するに、おそらくは彼の言う通り『大丈夫』であり、『問題ない』のだろう。だってミケがタマに不利益をもたらすような真似をするはずがないのだから。

十二年間、ずっとそうだった。

もうその終わりはすぐそこまで迫ってきているけれど、ならばこそ、この機会は彼がくれるこれからのタマへの手向《たむ》けの一つなのかもしれない。

――だったら。

もう楽しんでしまおう、という結論が出るのは自明の理だ。

もともと物事を難しく深く考えるのは得意ではない。今まで仕えてきた十二支の中には、はっきりとタマに「あんた馬鹿なの？」と本当に心から信じられないと言いたげに問いかけられたこともあるくらいだ。

だからこそミケに頼りきりになってしまうのは申し訳ないけれど、今回だけは見逃してほしい。

「あの、ミケ様」

「うん？」

「ありがとうございます」

「お安い御用よ」

ミケが笑う。その笑顔にぎゅっと胸が詰まった。けれど気が付かないふりをして、タマは彼に引かれるがままになっている手を、改めて彼と結び直す。

幼い子供のように手を繋《つな》いでいるというのに、ミケは嫌がることなく、上機嫌に鼻歌まで歌い出した。だからもう、安心していいと思えた。

手を繋いだまま歩き、そうしていよいよ時不知山のふもと、鳥居前町までたどり着く。

「さぁて、どこへ行こうかねぇ。タマ、お前さん、行きたいところはあるかえ？」

「何があるかもさっぱり解らないので、どこ、と問われましても……」

「そりゃそうか。じゃあ適当に練り歩くとしよか」

ほら、と手を引かれ、タマはただ頷き返す。今のこの時を、素直に楽しみたい。緊張も不安もあるけれど、人生で初めて感じるにぎやかさを満喫しよう。

かくして、タマとミケの町歩きが始まった。

「あっあれ、りんご飴《あめ》ですよね!? わあ、綺麗、おいしそう！」

「ミケ様、あれは何ですか？ 招き猫？ あ、ミケ様の御髪と同じ色味の子がいる……！」

「わあ懐かしい、けん玉に、独楽《こま》に、竹とんぼ？ たすきさんへのお土産にどうでしょう？ え、子供扱いするなって怒られる？ た、確かに……」

子供のようにはしゃいでしまうタマに、ミケは文句一つ言わずに付き合ってくれる。本を正せばこの鳥居前町に自分を連れてきたのは彼なのだから、それくらい当然なのかもしれない。けれど、でも、たすきのことを思い返すと、少しばかりどころではなくそんな自分が恥ずかしくなってくる。

――私だって、もう成人して六年……後少しで七年になるのに。

子供扱いされることをとみにたすきが嫌がる傾向にあることにはとうに気付いている。まだ彼女は七歳なのに。思えば自分はどうだっただろうか。

中津国においては、十三の女子は裳着《もぎ》を迎え、成人となる。

六年前、十三歳となり、晴れて成人を迎えた年のことだって、タマはよく覚えている。

当時の御社の主人であった午神《うまがみ》である男神の采配で、格式ばったものではない、ちょっとした宴《うたげ》が開かれた。午神が担当する年は、毎回、環姫役が成人となる年である。だからこそ、彼は例年、十三参りという形の祝い事を許してくれるのだ。

好きな漢字を一文字書き記し、それを午神に奉納するだけで格式ばった儀式は終わり、後は天神社から届けられた裳着祝いのご馳走《ちそう》を食べる、ただそれだけの随分と簡易的な祝い事である。

タマがこっそり書いたその一文字は、ミケに見せるつもりはなかった。「何を書いたのかえ?」とそれとなく何度も聞かれたけれど、「秘密です!」とやはり何度も口をつぐんだものだ。それなのにミケときたら、タマが午神にそっと奉納するよりも先にタマの手から半紙を奪っていった。

――ミケ様! ちょっ、あの、見ないでください……!

慌ててミケの手から取り戻そうにも、長身の彼が高く持ち上げたら、タマにその半紙を取り戻すすべはない。

それでもなんとか手を伸ばすタマを軽くいなしつつ、彼はあっさりとその半紙に記された文字に、目を滑らせた。

――……『三』?

ぱちくりと瞳をまばたかせて首を傾げるミケに、タマは顔を赤らめたものだ。

タマはお世辞にも字がうまくはない。みみずがのたくったような文字だとよくミケにからかわれてばかりいる。

そんなタマが、心から集中して書いた文字は、『三』。

どうしてまた、とでも言いたげにこちらを見下ろしてくるミケに、「その、ええと、だって……まああの……」とさんざん言いあぐねた挙句、タマはようやく意を決して口を開いた。

――ミケ様の、御髪の、色の数だったから……。

ぼそぼそぼそ、とそう呟《つぶや》いた時、タマはすっかりうつむいていたものだから、ミケがどんな表情を浮かべているのか解らなかった。

三、という数字は、タマにとって特別なものだった。

御社で暮らし始めてからというもの、ミケの、黒、茶、白が入り交じる長い髪が、いつだってタマにとっての目印だった。長く伸ばされたつややかな髪はいつも高く結い上げられていて、それがまるで猫のしっぽのようにゆらゆらと揺れる様に、不思議といつも安心感を覚えていた。

タマは、自分には一般的な教養が欠けているという自覚がある。そういうものを学ぶ前に、御社に迎えられたのだから当然だ。

かろうじて文字を読むことはできるけれど、書く側になるのはあまり得意ではない。その中で、数少なく、自信を持って書ける文字が、ミケに通じる『三』であることは、誰になんと言われようとも、確かにタマの誇りだった。

そんなタマに対して、ミケは何も言ってはくれなかった。ただ心底困りはてたような、途方に暮れたような顔をしていた。

だから、きっと大層困らせてしまったのだと思う。あるいは、タマの語彙《ごい》の少なさにすっかり呆れ切ってしまったのかもしれない。

そう思うとあまりに恥ずかしくて、せっかく成人を迎えたというのに、ちっとも自分が大人になんてなれていないことを思い知らされて落ち込んだ。でも。

――お前さんは、本当に、かわいらしいねぇ。

――……子供のままだってことですか？

――いいや、そういうわけじゃないんだが……まあそうさね。子供のままでいてほしかった、ってのはあるぜ。

やはり困ったように、そしてやはり途方に暮れたようにそう呟いたミケの真意は、いまだにタマの知らないところにある。

ただあの時そっと頰を撫でてくれたぬくもりだけが、いっそ鮮やかなまでにこの肌に、この心に残っている。

そして十九になった今もなお、結局タマは、立派な女人に成長できたのかどうか自信がない。

――こんなにもはしゃいでちゃ、たすきさんにまた呆れられちゃうわ。

――うう、でも、た、楽しい……！

襲い来る葛藤《かっとう》に身もだえながら、それでもなおうきうきと浮き立つ心を抑えられない。

あらゆる露店を冷やかしたり、時に冷やかすばかりか買い食いしたり、もちろん食べ物ばかりではなく雑貨を扱う露店でたすきへの土産をうんうんと考えたり。

何もかもが目新しく、気になるものがあればすぐに駆け出しそうになる。そのたびに、「こらこら」と、ミケが繋いだ手を引っ張ってくれることで、はたと足を止める、なんてことを何度繰り返したか。

もうすぐ二十になるというのにこれでは、我ながら今後が思いやられるというものだ。

——ミケ様も呆れていらっしゃるわよね……って、あら？

——気のせいかしら。

——……ううん、気のせいじゃ、ない。

ミケは、相変わらず余裕たっぷりの笑みを浮かべている、ように、見える。一見は。

けれど十二年もの付き合いで、彼のその笑みが、実際は笑顔からは程遠い、あきらかな不機嫌を宿したそれであることに、タマはようやく気付いてしまった。

「あ、の、ミケ様？」

「……うん？　何かえ、タマ」

「あの……怒ってらっしゃいますよね？」

下手に遠回しに聞いても仕方がない。早々にそう判断したタマは、そっと声をひそめつつも、真正面から直球で問いかけた。

その途端、貼り付けた仮面のように動かなかったミケの笑顔の、その片眉だけが、器用に持ち上げられる。それが十分すぎるほどの答えだった。

この青年、なんだかよく解らないが、ものすごくご機嫌斜めである。先ほどまであれほど上機嫌だったのに。

その上で彼は、笑みを深めて、わざとらしく小首を傾げてみせるのだ。

「怒ってる？　俺が怒っていると、タマはそう思うのかえ？」

「は、い」

「そうかそうか。それなら、なぜだと思う？」

「…………その、私の落ち着きがなくて、ミケ様がゆっくりできないから？」

「はい不正解。減点どころか零点。全然違う。かすりもしてない」

「えええ……」

そこまで言うか。いや別に、彼が怒っている理由がタマのせいではないのならば、責められているわけではないはずだ。

「まあ、そうさね。ある意味ではお前さんのせいでもある」

「やっぱり……。ご迷惑をおかけしてすみま」

「ああ、うん、謝るでないよ。お前さんのせいではあるけど、根本的には俺の自業自得だからね」

「はい？」

ミケが何を言いたいのかさっぱり解らない。タマはうううん？　と首を傾げた。

対するミケは、無表情の笑顔から、なんとも悔しそうな、いっそ明確な苛立ちすら感じられる迫力あるそれへと変え、チッと小さく舌打ちまでしてみせる。そんな彼の顔をまじまじと見上げ、そしてはたとタマは気付いた。

——そういえば、いつものお帽子はどうなさったのかしら？

食事時や昼寝時以外には基本的にミケの頭の上に乗っている制帽が、今はないことに、大変今更ながら気が付いた。

お忍びとして出かけるには目立ちすぎるせいですか？　でもミケ様のお美しいお顔では、お帽子の有無はあまり関係ないのでは……とタマが問いかけるよりも先に、依然としてお世辞にも上機嫌とは言い難い様子の彼は、フンと鼻を鳴らした。

「……お前さんに見惚《みほ》れる野郎どもの多さに辟易《へきえき》しているだけよ。だから、お前さんのせいだけど、そもそもの原因はお膳立てした俺のせいってわけさね。わざわざ言わせないどくれ」

「ええ？　そんなわけありませんよ。皆様がご覧になっているのはミケ様でしょうに」

はっきり言うまでもなく、ミケの美貌《びぼう》に、道行く人々が女も男も老いも若きも、誰しもが振り返っては見惚れている。そのついでに、彼の隣の、目立つ振袖姿の自分のことを見ているだけだ。

きっとミケは注目を集めることに慣れているのだろう。だから自分への衆目に気付けないのだ。何事にも敏《さと》くて鋭い彼にしては珍しい一面が見られて、なんだか嬉しい。

ふふ、とつい含み笑いをすると、ものすごくもの言いたげにミケがこちらを見下ろしてくる。

「ミケ様？」

「……まあ、お前さんがそう言うなら、そういうことにしとこか。そうさね、その方が都合がいいといったもんよ」

「はい？」

「うん、なんでもないぜ。そろそろ休憩しよか。ほら、あそこに甘味処がある」

手を引いてくれる彼は、もういつもの彼だった。とりあえずご機嫌は回復したらしい。

何だったのかしら、と思いつつ、タマは初めての〝甘味処〟という魅惑の単語に足が浮き立つのを感じ、笑顔でミケの後に続く。

たとえどこまでも青く晴れ渡っていようとも、今は師走だ。凍り付くような寒空の下で、それでもなお「初めてなんです！」と冷たいあんみつを注文した。そんなこちらにミケは呆れていた。だが、彼は彼で、よりにもよって甘味処であるにもかかわらずぬる燗《かん》を注文などしていたので、タマもまた彼に思い切り呆れさせてもらい、最終的に二人で笑い合った。

「それじゃあそろそろ、たすきへの土産を買って帰ろうかね」

甘味処を後にして、また手を繋ぎ直してからのミケの提案に、もうそんな時間になっていたのかと驚いた。

そういえば、もう太陽は随分と傾いている。

ああそうか、この夢のようなひとときも、これでおしまいなのだ。

さびしいような、ほっとしたような、どう表現すべきか判断しかねる不思議な感慨を隠して、タマはミケに笑い返した。

「あの、さっき見かけた、硝子《ガラス》細工屋さんに行ってもいいですか？」

「構わないぜ。なんや、気になるものでも見つけたんか？」

「はい、店先のご主人が持っていらしたんです。あの、ええと、硝子の球体に、同じ硝子の細い管がついていて、ご主人がそれを咥えて、不思議な音が鳴る……」

「硝子で、音が鳴る……ああ、解った、びいどろのことか」

「びいどろ？」

聞き慣れない響きだ。

とても綺麗な色をしていた、ぽこん、と軽やかな音を立てる硝子工芸品は、そういう名前であるらしい。

ミケが「なるほど、あれか」と笑った
「ええんか？　あれは〝ぽっぺん〟とも呼ばれる〝おもちゃ〟さね」

「……やっぱりおもちゃだと、たまきさん、気に入ってくれないでしょうか？」

「さて、どうやろな。でも、お前さんは、びいどろがいいと思ったんやろ？」

「はい。とても綺麗で、音も素敵で、私も欲しくなっちゃうくらいだったから、その……」

おそろいで、なんてわがままは言わない。けれど、あの美しく透明な〝おもちゃ〟が、たすきにとってのなぐさめの一つになってくれたら、それはとても素敵なことなのではないか。

ミケと並んで歩きながら目にしたびいどろは、にぎやかな町並みをその表面に写して、軽やかな音を弾《はじ》いていた。そんな世界のひとかけらをたすきの元に持ち帰られるのならば。

そしてその選択を、やはりミケは決して否定することはない。

「うん。なら、それでいいと思うぜ。そうと決まればさっさと店に行こか」

いつだってタマの背を押してくれるその優しい声に甘えて、タマは頷きを返し、一歩踏み出そうとして、失敗した。あ、と足元を見下ろす。

今日ずっと歩き続けた草履《ぞうり》の鼻緒が、ぷつん、と切れていた。

そういえば草履だけは巫女装束の時に合わせていたもののままだった。長く使い続けたものだ。今日は特に随分と歩いたから、限界が来たのかもしれない。

「すみません、ミケ様。ふふふ、こんなこともあるんですね」

なんだかこんな失敗すらも楽しくて、こらえきれずに笑ってしまう。とりあえず手ぬぐいで応急処置かしら、なんて思いながらしゃがみ込もうとして、やめた。こちらをじっと見つめてくるミケの視線に気付いたからだ。

彼の金色の瞳が、今まで見たこともないような光を宿しているように見えた。不意に忘れていた緊張と不安を思い出す。けれどタマが口を開くよりも先に、ミケがその薄い唇から、やけに平坦な声を発した。

「楽しいかえ、タマ？」

「……？」

もちろんですよ、と。

そう答えようとして、できなかった。なぜだか、そうしてはいけない気がした。そうしてしまったら、どうしようもなくミケのことを傷付けてしまうような気がした。

けれどだからと言って楽しくないとは決して答えられない。結果として口をつぐむしかないこちらの反応をどう思ったのか、ミケはふと瞳をすがめる。動けない。

「御社よりも、外の世界の方が、お前さんにとっては……ああ、でも、それでも、なぁ……」

後半は、ほとんど聞き取れなかった。

みけさま、と、声をかけようとしても、ミケがにんまりといつものように……そう、本当にまったくいつもと同じ笑みを浮かべるものだから、もっと言葉が出てこなくなる。

ぽんぽん、と、彼はそのままタマの頭を撫で、そしてそっと、ずっと繋いでいた手を放した。

遠のいていくぬくもりに名残を惜しむ暇もなく、立て続けに彼は口を動かす。

「うん、なんでもないさね。タマ、ちょいとこの辺で待っといとくれ。俺はかわりの草履と……そうだ、ついでにお前さんが言っていたびいどろも買ってこよか。さすがに疲れたやろ。すぐ戻ってくるから、知らない奴についていってはあかんえ」

そう言い残したミケは、外套《がいとう》をひるがえして、タマを置いていってしまった。彼の長身はあっという間に雑踏に呑まれ、そうして、ぽつん、とタマは一人残される。

「どうしたのかしら、ミケ様」

何か自分は彼の気を害することをしてしまっただろうか。いつも通りに振る舞おうとしていたらしいけれど、どう見てもいつも通りではなかった彼の姿がやけに気にかかる。

とはいえ、問い詰めたとしてものらりくらりとかわされるのは目に見えていて、だから結局できることは、彼の言う通りに大人しくここで待っていることだけなのだ。

「どちらにしろ、この草履じゃ動けないし……あら？」

タマの鼓膜を震わせたのは、わっと上がった大きな歓声だった。

何かしら、と思う間もなく、すぐそばに人だかりができていることに気付く。どうやら大道芸人衆が、それぞれの芸を見せているらしい。

仮面をつけた大道芸人達は、おどけた仕草でいくつもの手毬《てまり》を操ってみせたり、軽業をこなしてみせたり、精巧な人形を生きているかのように操ってみせたりとなんとも忙しい。

遠目にもそれぞれの業が驚くほど見事なものであることが伝わってくる。

すごいなぁ、と見惚れるタマの視線の先で、やんややんやとはやし立てられながら、あまり見かけない洋装……たしか〝燕尾服《えんびふく》〟と呼ばれるたぐいの衣装に身を包んだ男性が現れた。その隣には、大人でも余裕で中に入れるに違いない大きな箱が立っている。

「さあさあこれより始めまするは、この中津国一の手妻師による奇跡の御業にございい！　さあさあさあ！　我こそは助太刀してやろうと前に出るお方はござらんか⁉」

さあさあさあ！　さあさあさあ！

はやし声は幾度となく繰り返され、同時に周囲の歓声と興奮もうなぎ上りだ。

御社の穏やかかつ静かな雰囲気に慣れたタマが圧倒されるばかりでいると、不意に、ばちりと手妻師の男性と目が合った。

「そこの娘さん！」

「えっ？」

「そう、あなた、あなたにございい！　見事なお召し物のお嬢さん、どうぞこちらへ！」

「え、あの、ちょ、待……っ！」

手妻師の口上に、周囲の人々は、これから何が始まるのかと期待たっぷりにタマの前まで道を開ける。

その道を、悠々とした所作で歩んできた手妻師が、こちらの困惑を無視して勝手に手を取り、タマを大きな箱の前へと導いてしまう。

草履の鼻緒が切れた状態ではろくに抵抗もできず、そのままタマは、ぱかりと開けられた箱の中に押し込められる。

「あ、あのっ、出してください……！　あの、ちょっとっ⁉」

さすがに耐えきれなくなり文句を言おうにも、相手は聞く耳を持ってくれない。箱の蓋が閉じられる。暗く狭い空間に閉じ込められ、ひっと息を呑むタマの耳に、箱の壁の向こうから、手妻師の口上がさらに聞こえてくる。

「さあさあさあ！　わたくしめがちょちょいと奇跡を行使して見せますれば、見事先ほどのお嬢さんはこの箱から消えてしまうのでございます！　なに、信じられない？　ならば信じさせてみせましょうぞ！　細工は流々、仕上げをとくと御覧じろ！」

そんな、と思う間もなく、ぷしゅううう、と、何かが箱の中に吹き込まれるのを感じた。

――な、に、これ……!?

何か、とてもよくないことが起ころうとしているのではないか。

けれどそれを確かめる間もなく、タマは抗《あらが》うこともできずに、意識を失った。


――――そして、どれほどの時間が経過したことか。


は、と息を呑んで目覚めたタマは、跳ね起きようとして、ごつん、がたん、と、あちこち頭や体をぶつけ、あまりの痛みに涙目になった。

周りは暗い。確かめるように両手で周囲をペタペタと触り、そうしてようやく自分が、いまだに大きな箱の中に閉じ込められたままなのだということに気付く。

どうして、と思う間もなく、当たり前だが箱の向こう側から、げらげらと下品な笑い声が聞こえてきた。

「今日はいい商品が手に入ったなぁ！」

「ああ、あの振袖を見たか？　あの女、相当の上物だぞ！」

「育ちのいい若い女も、仕立てのいい着物も、どっちも高く売れるってもんよ。はは、さすが十二支様のお膝元《ひざもと》の鳥居前町だ。オレ達はついてらぁ！」

すっかり酔っぱらっているらしい男達の、その会話だけで、現状を把握するには十分だった。

つまり大道芸人衆はとんだ犯罪者の集団で、タマはそんな彼らにさらわれた末に、今もなお箱に閉じ込められているらしい。

反射的に箱の蓋を開けて飛び出そうとしても、硬く鍵でもかけられているのかびくともしない。ぶわりと全身から冷や汗が噴き出した。

——どうしよう……！

こんなことになるなんて思いもしなかった。

まさか、十二支の、そしてひいては高天原《たかまがはら》に住まう大御神《おおみかみ》をはじめとした神々の恩恵に深く与《あずか》る鳥居前町で、こんな恐ろしい真似を働く者がいるだなんて。

助けを求めようにも、こんな風に箱に閉じ込められたままではどうしようもない。冷や汗ばかりか、とうとう涙まで瞳から流れそうになる。

——ミケ様……！

こんな時でも思い出すのはやはり彼のことだった。

きっとミケは、タマのことを捜してくれているに違いない。そんな確信が当たり前のように胸にあることに気付き、「……あれ？」と、かろうじて自由に動かせる首を思わず傾げる。

どうしようもない、なんて先ほどは思ったけれど、どうしたもこうしたもないのではないだろうか。

――だって、ミケ様は……。

そう、その時だ。不意に箱の向こうの男達の下卑た笑い声が途絶える。

「お、おい、な、なんだ……っ!?」

「ひっ!?　ひぃいいいいっ!!」

「ぎゃ、く、来るな、来るなぁあああああ！」

――なぁう。

――なああああう。

――ふなあああああああお。

――あぉおあお。

――にぃぁぁぁあああ。

続けて聞こえてきたのは、男達の悲鳴と、なんとも愛らしく、同時になんとも恐ろしい、数えきれないほどの猫の鳴き声。

いったい何が、とは思えない。ただ泣きたいほどの安堵が胸を満たしていく。

ああ、やっぱり。どうしようもない、なんてことはありえない。ほらね、そうでしょう？

つたない自問に対する答えなんてもうとうに出ている。

――だって、ミケ様は。

ああ、と吐息をこぼすタマの目に光が差す。チカチカと星のようにきらついたそれが、見慣れた制帽の正面を飾る釦《ボタン》であることには、すぐに気が付いた。

箱の蓋が開けられて、そのまま優しく、タマのことを抱き上げてくれたのは。

「ミケ様……」

「うん。遅くなって悪かったなぁ、いとはん」

『タマ』ではなく『いとはん』と呼ばれたことに、思わず笑った。『いとはん』、すなわち、『お嬢さん』。いくらその呼び名に親愛が込められていようとも、もうタマは、そんな風にあきらかに子供扱いしてくる呼び方を素直に喜べる年齢ではないのに。

タマを軽々と抱き上げて冠のように制帽を被《かぶ》ってにんまりと笑うミケに、涙を必死にこらえながら笑い返す。

ほらね、やっぱり、どうしようもこうしようもなかったのだ。

だってミケはいつだってこうして、タマのことを助けに来てくれるのだから。

すっかり夜のとばりが落ちている周囲は当たり前だが暗く、先ほどの男達が囲んでいたらしい焚火(たきび)も既に火種が尽きている。満天の星の下で、ミケの金色の瞳が、月よりも星よりもまぶしく輝いている。

「さすがの俺も今回はちいとばかし胆が冷えたねぇ。こいつらに感謝せなあかんな」

ミケのその言葉に、「そうだそうだ！」「感謝しろー！」とばかりに、気配なくミケの足元にはべっていた数えきれないほどの猫達が大合唱を始めた。

ミケがさもうるさげに「わかったわかった、礼はちゃんとするから今は気をきかせておくれ」と呟くと、猫達は一声高く鳴いて、ざざざざっと四方八方へと消えていった。

そうしてようやく、夜のしじまの中で、タマとミケは二人きりになる。

「タマ、手を出し」

「え？　は、はい」

促されるがままに両手を出すと、タマを片腕に抱いたミケは、自らの両耳を飾る鈴の片方……右耳のそれを外す。

――――――――ちりん。

そうしてそのままタマの手に落とされたそれは、涼やかな音を立てたけれど、その中身が空であることに、すぐにタマは気が付いた。

「ミケ様、これは」

「お前さんにくれてやろう。お守りさね」

「で、でも」

「いいから。それとも、俺とおそろいは嫌かえ？」

もちろん嫌なわけがないので左右に勢いよく首を振ると、ミケは「ならよき」と満足げに頷いて、そうして再び、こちらが戸惑うくらいに丁重に、両腕で横向きに抱き直してくれる。

「さあ、帰ろうかね。今回ばかりは、俺も色々覚悟を決めねばなるまいよ」

その言葉がどういう意味なのか、聞きたかった。けれどその前に彼はそのまま駆け出してしまったから、タマは悲鳴を呑み込むのに必死で、それどころではなくなってしまったのだった。


——————そのまま無事に御社に帰還してから、三日が経過した。

一日とて無駄にはできない時間である。新たにやってくる新年に向けて、やらなくてはならないことは山積みだ。

その忙しさにてんやわんやになりつつも、タマは自らが抱える気がかりな事実ゆえに、心ここにあらずな日々を送っていた。

ともすればこぼれ落ちそうになる溜息を呑み込んで、タマはぺちり、と手元の花札を一枚畳の上になんとも頼りなく叩きつける。

「こいこい」

「ほう、続けるか。ならば次は我だ。ほら、〝萩《はぎ》に猪《いのしし》〟――これにて猪鹿蝶《いのしかちょう》。我の勝ちだ」

「……あっ！」

流れるように勝利を宣言され、遅れてタマは声を上げるが、もう勝負はとっくについていた。

元より得意な花札遊びではないが、それにしてもボロ負けである。

がくっと肩を落とすと、愛用の黒檀《こくたん》の扇で自らをあおぐ亥神が、くくっと喉を鳴らす。

「本当に弱いな、お前は。たすきの方がよほどよい相手になってくれそうだ」

「……でしたらやっぱりたすきさんをお誘いしましょうよ」

「どうせ誘ってもあれは嫌がるだろう。我は女に無理強いは基本的にはしない主義だ」

「さようでございますか……」

この花札遊びを誘ってきたのは亥神だ。仕事があります！　と主張するタマに対し、「お前の仕事は我の相手だろう」とあらゆる反論を潰《つぶ》したのは彼である。ならばせめてたすきも誘うとしたタマを、さらに「我はお前がいればいいぞ」だなんてうそぶいたのもやはり彼だ。

たすきがすぐそこにいるというのに目の前でその発言をぶちかまされ、顔を引きつらせずにはいられなかった。隣に立っていた少女は涼しい顔を装っていたけれど、冷静ではいられなかったらしく、「どうぞ環姫様は亥神様のお相手を。仕事はわたくしにお任せあれ」だなんて一息で言い切って、そのまま足早に去っていってしまった。

——たすきさんをなぐさめたいけれど、私じゃ火に油を注ぐだけよね。

——……ミケ様、なら、きっと、お上手にたすきさんに寄り添われるのに。

込み上げてきた溜息を呑み込んで、まったく役がそろっていない手札を何とはなしに見下ろす。その鼻先に、ぴ、と、つやめく黒の扇が突き付けられた。

「環姫」

「はい」

「我が目の前にいるというのに、お前はまたたすきのことか。それとも、裁彦のことを？」

うん？　と首を傾けられ、言葉に詰まる。どちらのことだけではなく、両方のことが気にかかって仕方ないからこそ、タマは曖昧に笑ってみせた。その意図を正しく汲《く》み取ってくれたらしい亥神はふん、と鼻で今はここにいない青年のことをせせら笑う。

「たすきはともかく、裁彦についてはやむなしだろう。なにせお前を……当代環姫役を勝手に連れ出したのだ。いくらあれが大御神様のお気に入りとはいえ、お咎《とが》めなしとはいかん」

「……はい」

そう。こんな時に頼りになるミケは、今はこの御社のどこにもいない。

——ミケ様、大丈夫かしら。

今のタマが抱える悩みは、たすきのことばかりではなく、ミケその人にもある。

三日前にタマを勝手に鳥居前町に連れ出したことに対して、亥神、ひいては高天原の神々から、亥神曰《いわ》くの『お咎め』が降ったのだ。そのため、この三日間というもの、タマはミケと顔を合わせてはいない。謹慎処分の命が下されたミケは今頃どうしていることだろう。

　本人は大丈夫だと豪語していたが、これではまったく大丈夫ではない。

「ミケ様は私のためを思って連れ出してくださったのに……」

　それなのに自分だけがお咎めなしとは、なんとも納得がいかない結果だ。私も罰を受けるべきです、と亥神に直談判したのだが、目の前の彼は「不要だ」と一言一刀両断にしたっきり、それ以上話を続けることを許してはくれなかった。

「環姫は本当に、裁彦のことを好いておるな」

「……それは、もちろん。普通にお慕いしておりますよ」

「ははは、妬《や》けることだ」

　からからと笑う亥神に、うまく笑い返せている自信はなかった。

　ミケがくれた鈴の耳飾りは、今はタマの手首の組みひもに通されて揺れている。けれど中身のない鈴が鳴ることはない。ミケがタマの元にやってきてくれるたびにちりん、と聞こえていた、あの涼やかな音は聞こえない。

　いずれ時不知山を下りた後、そうやって、あの鈴の音も忘れてしまうのかと思うと、ぎゅうと胸が締め付けられる想いだった。

「なに、裁彦であらば本日謹慎処分が解けることになっている。せいぜいなぐさめてやるがいるのが得策か？」

い……いや、違うな。今こうして心細くなっているお前を、今の内に我が心身ともになぐさめ

「え」

「はは、冗談だ。半分はな」

「は、はい……」

完全にからかわれている。そのくせ彼の瞳には確かに何かこうなんともタマを落ち着かなくさせる光もまた宿っているのだから、ただのからかいだけで終わらせていいのか解らない。

――ミケ様、早くお帰りになればいいのに。

結局今はここにはいない彼のことを頼りにしてしまう自分が情けなくて仕方なくて、タマはそんな自分をごまかすためになんとか笑ってみせた。

そのまま花札遊びを切り上げたタマは、天神社から届けられた〝それ〟を見て、あっと息を呑んだ。そして改めて、いよいよその時が来ようとしているのだということを思い知る。

――今日だったのね。

だとしたら、例年に倣って、師走の今日というこの日は、より特別な日だ。

そうと解れば大人しくはしていられない。一人中庭で落ち葉を集めていたたすきを、なんとかなだめすかして招いた先は、御社における神楽殿だ。

「環姫様は亥神様とのお遊びでお忙しいのでしょう？　わたくしのことはお構いなく」

「う、あああの、でもね、今日は特別だから……！」

「……特別？」

むっすりとあきらかに不機嫌ながらも、タマの言い回しに引っかかるところがあったらしい様子のたすきと向き合って、タマは口火を切った。

「あの、たすきさん、実はね、いよいよ今年の年替わりの儀のためのお衣装が天神社から届いたの。私の分と、たすきさんの分よ。一度衣装合わせをして、それから奉納舞の練習をした方がいいと思って……」

言葉を選びつつ、なんとかタマは目的を伝えた。

ぱちり、と黒瞳をまばたかせてこちらを見上げてくるたすきに、無意識にほっと息を吐く。

年替わりの儀とは、大晦日《おおみそか》の夜から元日の朝にかけて行われる、旧年の十二支と新年の十二支が交代するための儀式である。双方が舞を舞い、中津国を新たな年へとめぐらせる、一年の中でもっとも重要な行事だ。

その中で、環姫役もまた、新旧の十二支の間に入って奉納舞を舞い、彼らの時の流れを繋ぐ役目をはたす。

その際、環姫役は、新年のための意匠をほどこした打掛の上に、旧年の象徴の意匠をほどこしたそれをさらにまとうのが慣例だ。

今年の場合は、旧年は亥神、新年は子神《ねのかみ》。奉納舞の最中に亥神のための打掛を脱ぎ捨て、彼を高天原へと見送り、子神のため打掛をまとう姿で彼を迎える。

それが、環姫役にとって、数ある役目の中でも、もっとも重要な役割であると言えた。

その打掛は、毎年、天神社から師走になると献上されるものだ。今朝《けさ》届けられたのは、タマの分と、たすきの分の打掛である。いよいよなのね、と感慨深くなりながら、タマはたすきに笑いかけた。

「打掛は大晦日になってから開封するものだけど、奉納舞の稽古はいつ始めても早すぎることはないもの。私ができる限りのことを、たすきさん、あなたにお教えした……」

「結構です」

「うっ！」

言い切る前に、にべもなく断られてしまった。いや、実際、おそらく断られるだろうな、受け入れてはもらえないだろうな、とは思っていたが、実際にこうもはっきりと目の前で拒絶されると、覚悟していたとはいえやはりぐさりと胸に突き刺さる。

タマが言葉を詰まらせたのをいいことに、たすきはツンとすまし顔になって、まっすぐにこちらを見上げてくる。その瞳には、確固たる自信が宿っていた。

「わたくしは、天神社にて、既にこれまでの環姫役様方や過去の資料から、完璧に奉納舞を伝授されております。今更環姫様にお教え願うことなど何一つございません」

「で、でも……」

「でも、も、何もございませんわ。ご自分のわがままで裁彦様にご迷惑をおかけしておいて、その上でわたくしに環姫役としてのお役目を伝授しようとするだなんて、あまりにも傲慢《ごうまん》がすぎましょうや」

「…………」

それを言われると、返す言葉もない。あまりにも耳が痛い。

たすきが言っているのは、先日のタマとミケの『逢引』について、ひいてはその後、ミケが謹慎処分に追いやられたことについてだろう。

たすきの認識としては、タマがわがままを言ってミケを巻き込んだことになっているらしい。

「この忙しい時期に呑気《のんき》なものですね。いいご身分ですこと」と面と向かって叱《しか》られたことは、まだまだ記憶に新しい出来事だ。

お土産のびいどろを渡した時、たすきがぱっと頬を紅潮させて、解りにくいけれど確かに嬉しそうにしてくれたあの表情は、今となっては幻だったのでは……なんて思えてくる。

だが、ここでたすきに論破されるわけにはいかない。

奉納舞に関してだけは、必ず彼女に伝えたい、これまでの環姫役としてのタマのすべてだった。

一年ごとに奉じ続けてきた舞は、タマもまた先代環姫役から授けられたものである。

そうやって連綿と、環姫役が年替わりの儀における十二支の橋渡しとなり、ひとつらなりの流れとなって、受け継がれ続けてきたものだ。

環姫役すべてが、完璧に同じ舞であったわけではないと聞いている。それぞれがそれぞれらしく個性を発揮して、十二支を楽しませてきたのだと。

そのそれぞれの奉納舞において、よりよき点を吸収し、自らのものにして、自分だけの奉納舞を作り上げていくのが環姫役だ。

タマにもタマだけの舞があり、だからこそタマは、たすきに自分の舞を見てもらい、ほんのわずかでも構わないから、彼女の今後の役に立ててほしかった。

「一緒に舞ってもらうのは……そうね、来年の子神様をお迎えする時だけでも構わないけれど、でも、今だけは……そう、見取り稽古！　見ているだけでいいから、少しだけ付き合ってくれないかしら？」

下手に飾り立て、おだてようとしても、たすきはすぐにそんなこちらの不埒《ふらち》な考えに気付くだろう。なにせ彼女は、タマよりもよほど敏くて鋭い少女だから。

だからこそ素直に、率直に、タマは、心からの本音を口にした。見取り稽古を一度こなせば、少なくとも雰囲気と感覚は伝わるはずだ。ぶっつけ本番で年替わりの儀に臨むよりも、ずっと建設的な提案であるような気がした。

たすきは柳眉《りゅうび》をむうとひそめている。だが、こちらが引く気がないことに早々に気付いたらしく、いかにも渋々と頷きを返してくれた。

ほっと息を吐いたタマは、そのまますきに、神楽殿の片隅に座ってもらう。続けて、すっかり身体に馴染んだ、練習用の古びた打掛を羽織った。

――その瞬間、自身の周りの空気が、一斉に静まり返るのを感じた。

もうすっかり身体に馴染んだ所作で手をひらめかせ、足を踊らせ、袖をひるがえさせる。視界の端で、たすきが大きく息を呑み、瞳を見開かせた。

――掴みは上々、って思ってもいいかしら？

――どうか見ていて、たすきさん。

この奉納舞は、どんな楽の音も必要としない。環姫役そのものがあらゆる音を支配して、その手に、その足に、その袖に、そして全身に連綿と紡がれる時のうつろいを受け止め、湧き出る清水のようにとめどなく、美しく、透明な流れを作る。

たすきの食い入るような視線をつぶさに感じながら、頭のてっぺんから指先、足のつま先に至るすべてを使って、タマの舞を、世界を全身で描く。

この舞を踊るのは、もう何度目だろうか。

不意にそんな思いが胸をよぎる。ろくに天神社で教育を受けられなかったタマは、この御社に来たばかりの頃は、舞に限らず何もかもが不得手で下手くそで、隠れて泣いてばかりいた。

――そのたびに、ミケ様が見つけてくれた。

ぐすぐすと中庭の茂みの中でしゃくり上げている八歳の自分を、いつだってすぐに見つけてくれた。

——まぁた泣いてるのかね、環姫。

——裁彦様……。だ、だって……っ！

——ああほらほら、もう泣くのはおよし。その大きなおめめがこぼれてしまうよ。

——う、う、ううううう〜……。

あの頃、まだタマはミケのことを裁彦様と呼んでいたし、ミケもまたタマのことを環姫と呼んでくれていた。

両親が恋しくて仕方なくて、けれどもう会えないことが解っていたから余計に悲しくてさびしくて、あの頃のタマは事あるごとに泣いていた。

そんなタマを抱き上げてくれたのが、今も昔も何一つ変わらず美しい青年だった。

——大丈夫さね、環姫。

優しくささやいてくれるその言葉にうっかり「はい」と答えそうになってしまった。だが、あの時のタマには、そうは答えられなかった。ミケの声音は穏やかでやわらかだったけれど、同時にかすかな寂寥《せきりょう》がにじんでいたからだ。

——どれだけ今がさびしかろうとも、いずれ慣れるものよ。

その言葉に、大層驚いたことを覚えている。

さびしいことに、慣れてしまうこと。

それは、とてもさびしいことのように思えた。そして自分を抱き上げてくれている人は、そのさびしさに慣れてしまった、とてもさびしい人なのだと、気付いてしまった。

だからタマは、思わず小さな両手を伸ばして、ミケの両頬を包み込んでいた。

驚いたように金色の瞳を見開く彼の顔を覗き込んで、タマは声を張り上げた。

――私が、裁彦様のおそばにいます！

――……うん？

――私もさびしくて、裁彦様もおさびしいなら、私達が一緒にいれば、もうさびしくないでしょう？

なんて名案なのだと、あの時は感動したものだ。自画自賛、とも言う。

けれど本当に我ながらこれ以上ないくらいに素敵な提案ができたものだと誇らしかった。

――裁彦様がさびしくなりたくたって、そんな暇がないくらい、私が一緒ですよ！

今思い返してみても、随分と生意気で、それにしたって小賢しい提案をしたものだと思う。

それまでぐしゃぐしゃに泣き崩れていたくせに、いきなり得意満面の笑顔になって「だから大丈夫です！」なんて笑う自分に、きっとミケはさぞかし呆れたに違いない。

その証拠に、あの時彼は、まるで鳩《はと》が豆鉄砲を食ったような顔をして、それからくしゃりと美しいかんばせを歪《ゆが》めて、ぐしゃぐしゃとタマの頭を撫でてくれた。

彼の顔を見ることが叶《かな》わないくらいの、あまりにも強い勢いの撫で方に、歓声のような悲鳴を上げて、きゃらきゃらと笑ってしまったことを覚えている。

あの時、ミケは、どんな表情をしていたのだろう。

そういえばその一件以降に、ミケは自身のことを「裁彦ではなくミケとお呼び」と言ってくれたのだったか。

きっかけはよく解っていないけれど、タマが天神社に引き取られる前に、市井でかわいがっていた三毛猫の話をしたから、その親しみやすさを思って、ミケは提案してくれたのかな、とは思っている。

——俺はミケ。お前さんは……そうさな、タマ、と呼ぼうか。

——私が環姫役だからですか？

——ああ、今はそういうことにしておこうかえ。かわいかろ？

——……ミケ、も、タマ、も、猫ちゃんみたいですね。

——ふふ、そうさね。まるでつがいの猫のようだ。

くつくつと笑うミケは楽しそうで、どこか嬉しそうで、だからタマはタマと呼ばれることを受け入れた。

環姫でもなく、俗世に置いてきた真名でもなく、ミケにとってのタマは自分だけなのだと思うとなんとも面映《おもは》ゆくて、なんだか胸が妙に躍ったものだ。

「ミケ様」と呼べば、「タマ」と呼び返してもらえること。

それだけのことが、嬉しくて仕方がなかった。ミケがいたからこそ、御社での暮らしが、決してさびしいばかりのものではなく、確かなぬくもりがあるものなのだと気付けたのだ。

過去に想いを馳《は》せながら舞い続けるこちらを見つめてくるたすきは何も言わない。ただその視線だけを痛いくらいに感じる。その視線を決して離さないために、またタマは、舞に集中する。いいや、集中とは少し違うかもしれない。だって次はどうしたらいいのかなんて考えるまでもないのだ。ほら、今度はこの右手の袖をひらめかせて、左足ですそをひるがえす。蝶《ちょう》のように、鳥のように、ただ舞い続ける。

舞う時に何を考えているのか、と問われたことがある。相手は酉神《とりがみ》、だっただろうか。あの時タマは「特に何も……？」と首を傾げたが、今はなぜだか、自分でも驚くくらいにミケとの思い出で胸がいっぱいになっている。

ミケはいつだって飄々《ひょうひょう》としていたけれど、ああそうだ、あれはタマが十二歳の時のことだ。彼がいつも通りの余裕たっぷりな様子でいられなかった時期が、そこにあった。

その年の十二支は辰神《たつがみ》。

水神としての側面を持つ、高齢の翁《おきな》の姿の神は、暇つぶしだと言っては、ミケを、自らが操る水で追いかけ回していた。

自分は水が嫌いなのだと公言しているミケに、辰神は容赦がなかった。御社における暮らしは、基本的に平和で、穏やかで、波風なんてほぼほぼ起こらないものだ。だからこそ気性が激しい辰神は、ミケで暇つぶしをしては心をなぐさめていたらしい。

御社における環姫役の役目は、十二支をもてなし、彼らを楽しませ、なぐさめること。となれば当然、ミケがどれだけ「いい加減にしてくれるかえ!?」と声を荒げても、下手に待ったをかけるべきではなかったはずだ。

そう、そのはずだったのだが、タマはあの時もやらかした。

だって、辰神のからかいともいじめともつかないやり方があんまりなものだったから、とうとうタマはミケが被るはずだった水を頭からかぶって、辰神の前に立ち塞《ふさ》がった。

——み、ミケ様をいじめないでください！

——ミケ様は、私が守ります!!

頭からびしょぬれのぬれねずみになって、ミケを背後に庇《かば》い、ぶるぶると震えながらも辰神にかみついてしまった。

その時のミケと、辰神の反応といったら、忘れようにも忘れられない。

——ほほ、ほほほほほ！　裁彦よ、自らの姫君に守られる気持ちはどうじゃ？

——……おかげさまで最高だぜ。

てっきり気分を害してしまうだろうと思ったけれど、それでも黙っていられなくて辰神に挑んだタマだったが、その辰神はあろうことか腹を抱えて大爆笑。逆にミケの機嫌は最底辺。

びしょぬれのタマを有無を言わさず軽々と抱き上げたミケは、そのままむっすりと美貌を歪めて「本当にお前さんは規格外だねぇ」と唇を尖《とが》らせた。

辰神は「よき娘御ではないか。ほほほほ、歴代環姫役の中でも、儂《わし》に真っ向から歯向かってきた者はおらんかったわ」と上機嫌に何度も頷いていた。

そんな二人を見比べながら、だって、とタマは口を挟まずにはいられなかった。

――ミケ様が嫌なのは、私も嫌なんです。

――だってミケ様は、とってもお優しい方だから。

恐れ多さゆえに震えながら、それでもなんとか続けてみせた。

タマとしては褒めたつもりだったのに、ミケはなぜか苦虫をかみ潰したような顔になり、辰神は深くしわが刻まれた顔をくしゃくしゃに崩してみせた。

――裁彦が優しい、とはのぅ……。今までの環姫役に聞かせてやりたいものよの。

そう言って意味深に笑っていた彼の真意は、いまだにタマには解らないままだ。

あれはなんだったのかしら、と思いつつ、タマはなおも手をひらめかせ、足を踊らせ、袖をひるがえす。

タマは環姫役としての役目のあれそれに対して、自分の手がさまざまなところで行き届いていないのだということを理解している。それでも、この舞だけは、タマが数少なく誇れる、今までの十二支からも太鼓判を押されている、自信を持ってはたせる務めだった。

　この舞を教えてくれたのは先代環姫役。右も左も解らない素人《しろうと》でしかなかった当時七歳のタマに、根気強く舞の手順を教えてくれた上で、「あなたはすばらしい舞の名手になるわ」と褒めてくれた。

　この舞だけは、誇っていいはずだという自負がある。だからきっと、たすきだって今もなおこうして何一つ口を挟まずに見つめてくれているのだと、そう自分を奮い立たせる。

　さあ、舞もこれにてしまいだ。

　その場に膝をついて息を整えて、三つ指をつき、高天原に坐す大御神へと礼を捧げる。

　ほう、と最後に万感の吐息をこぼしてから、タマは、ずっと沈黙を保ったまま、こちらの舞をつぶさに見ていてくれたたすきに笑いかけた。

「どうかしら、たすきさん。少しでも参考になれたなら嬉しいのだけれど」

「…………」

「……あの、たすきさん？」

「っ、あ……」

　何やら呆然とした様子で座り込んだままでいるたすきに、首を傾げてみせる。

　どうしたのだろう。これはもしかしてもしかしなくても、タマの舞の不出来さに呆れすぎて言葉が出てこないとか、そういうやつだろうか。

　――い、一応、少しくらいは舞に関してだけは自信があったのだけれど……！

十二支も、先代環姫役も、「まあ他に褒めるところもないのだから舞くらいは」と手心を加えた上でお世辞を言ってくれていた可能性があるのでは、と今更気付く。

「あ、あのね、たすきさん。見取り稽古、なんて言ったけれど、私の舞が不出来だと感じたなら、気にしなくていいのよ。あなたなりの舞を見せてくれれば、きっと十二支の皆様もお喜びに……」

「――何が、不出来ですか！」

「っ!?」

それまでの沈黙がうそのように、たすきは勢いよく立ち上がったかと思うと、悲鳴のように声を荒げた。

彼女の剣幕に息を呑む。そのまま戸惑いと驚きをあらわにしてたすきを見つめるタマを、たすきはギンッとにらみ上げてきた。

出会ってから今日にいたるまで、幾度となくタマはたすきににらみ付けられてきたけれど、今の彼女のまなざしは、これまでの中でも随一と呼んで過言ではない苛烈《かれつ》さを宿し、なんとそのまなじりには、うっすらと涙がにじんですらいる。

「たすきさ……」

「なん、何なんですか！　あなたなんて、何にもできないくせに！　わたくしよりも何にも知らないくせに！　それなのに、それなのに!!」

それ以上は、たすきには言葉にできないようだった。

いつも優雅な所作の彼女が、地団駄を踏むようにその場で足を踏み鳴らし、ぎゅうううっと両手を握り締め、そして、そのまま踵を返して一目散に走り出してしまう。

残されたタマは、声をかけることすらできずに、呆然とその場に立ち竦むばかりだ。

――――たすきは、傷付いていた。

「どうして……」

ぽつり、とこぼした呟きは、自分でも驚くほど力のないものになってしまった。

どうしてうまくできないのだろう。何をしても、たすきにとって負担になるばかりの自分が申し訳なくて、情けなくて、けれどどうしたらいいのかも解らない。

さすがに涙がこみ上げてきたけれど、本当に泣きたいのは自分ではなくたすきの方だということも解っているから、ぐっと唇をかみ締めて涙も溜息も呑み込んだ。

タマの耳に、ちりん、と鈴の音が届いたのは、その時だった。

「悩んではるねぇ、いとはん達は」

「ミケ様……」

煙管をふかしながら現れたミケと顔を合わせるのは改めて数えてみなくたって、そう、三日ぶりだ。亥神が言っていた通りに、ようやく謹慎が解けたのだろう。

我ながらどうにも頼りないまなざしを彼に向けると、ミケはくつくつと喉を鳴らして肩を竦めた。

「たすきのアレはね、お前さんのせいではあらへんよ。まあある意味ではお前さんのせいと言えんこともないがね」

「…………どっちですか、それ」

「うん、だからね、タマ。自分が見下していた相手に、自分よりもずっと優れている面があると知った時、誰しもそうそう冷静ではいられないということさね」

「はい……？」

いまいち意味が解らない。ミケの言葉を字面通りに受け止めるならば、タマがたすきよりも優れた一面を持っていたから、たすきは動揺した、ということになる。

そんなまさか、と、タマは苦笑いを浮かべた。

「たすきさんの方がずっとよくできた環姫役になるに決まってるのに……」

「それはお前さんの主観やろ。たすきにとってはそうじゃなかったということだが……まあ放っておくわけにもいくまいよ。ここはミケ様に任しとき。ご機嫌取りくらいにはなれるだろうよ」

「……お願いします」

ここでタマがたすきを追いかけたとしても、たすきが喜ばないことは目に見えていた。だからこそ、ここは、ミケに任せるのが最善の策だ。

たすきは、今にも泣き出しそうな顔をしていた。思い返すだけで胸が痛む。そんな少女の助けとして、ミケ以上に心強い存在はいない。

だからこそタマが深々と頭を下げると、ミケはそんなタマの頭をぽんぽんと叩いて、たすきが走り去った方向へと姿を消した。

その姿を最後まで見送ってから、タマは改めてほうと溜息を吐き出した。

まただ。またミケに助けられようとしている。

いつだってそうだった。今まではそれでよかったのだ。

けれど。

「もう、一緒にはいてもらえないんだもの」

新年を迎え、松の内を終えれば、タマはこの御社を出て、時不知山を下りることになる。そうして俗世である中津国へと帰還すれば、もう二度と、ミケと相まみえることはない。

ミケがタマのことをこれまで支え、助け続けてきてくれたのは、タマが環姫役だからだ。

その環姫役がお役御免となったならば、もう彼の手が自分に差し伸べられることはない。彼の手は、たすきの……次代の環姫役のためのものになる。

十二支の守護役という役目を担う裁彦役だが、彼の役目はそればかりではなく、何かと未熟な環姫役を導くことでもあるのだろうと、いつしか気付いていた。

タマにとってのミケはミケしかいないけれど、ミケにとっての環姫役は、タマだけではない。

そう考えるとなぜだか胸がしくしくと痛んだ。でも。

「だからこそ、最後に、お礼をさせてもらえたらいいのに」

山を下りたら、タマは一人になる。

ミケは優しいから、ほんの少しくらいは、タマの今後を案じてくれることだろう。そんな心配など無用だという証《あかし》に、何か彼に、これまでのお礼がしたいと思った。

「――――よし！」

そう、今までの恩返しをしよう。

そして願わくば、ほんの少しでも、ミケの心に、タマと呼ばれた環姫役の存在が残せたらいいのに。

第三章　かごのなかのとりは　いついつでやる

この十二年間というもの、ずっとタマのそばにいてくれたミケに、お礼がしたい。

恩返し、だなんて言うと随分と大それたものになってしまう気がするけれど、ほんの少しだけでもいいから、彼が喜んでくれる何かがしたい。

来る新年の準備に追われながら、タマは日々うんうんと悩んでいた。

もちろん『悩み事』と呼べるそれは、ミケへの『恩返し』ばかりではない。

たすきに舞を披露して以来、彼女は今まで以上にこちらを避けるようになった。

今までは食事は一緒に取ってくれていたのに、今となっては彼女はわざわざ時間をずらして冷めた食事を一人で食べているようだった。

たった七歳の少女にそんな真似《まね》をさせていることがあまりにも心苦しく、けれどなんとか話し合おうにも、そもそも顔を合わせることすらできやしない。

今朝《けさ》もそうしてお互いに一人で朝食の膳を片付けてから、タマは神楽殿にて、舞の稽古に臨んでいた。

十二年という月日の中で、心身にすっかり馴染《なじ》んだ奉納舞を舞っている間こそが、タマにとってもっとも頭が冴《さ》えわたる時間である。

あまねく大地を照らす陽《ひ》を受け止めて。かなたへ吐息を運ぶ風を感じて。四季を問わない花の香を撫《な》でて。

すべてを愛し慈しみ、そして神と人へ心からの謝意を捧げる。

それがタマにとっての奉納舞であり、タマを環姫《たまき》役たらしめる役目だ。

だが、しかし。

――ミケ様のことも、たすきさんのことも、ああどうしよう、気になって仕方ないわ。

雑念と呼ぶには少々どころではなく重大すぎる悩みは、そのまま舞の所作に現れる。あ、と思った時には、つるりと足が滑っていた。

「……いったぁ……っ」

べちゃり、と滑り込むように尻餅《しりもち》をつく。幸いなことにどこかを痛めたわけではないようだが、それにしても情けなくて涙がにじむ。

「たすきさんが呆《あき》れるのも当たり前よね……」

「あれは『呆れる』とはまた異なるものだと思うぞ？」

「ひゃあ!?」

自分以外には誰《だれ》もいないと思っていたはずの神楽殿に、突然割り込んできた声。

文字通り跳び上がってその勢いのまま立ち上がれば、くく、と低い笑い声が耳朶《じだ》を打つ。

そちらを見遣《みや》ったタマは、ぱちん、と瞳《ひとみ》をまばたかせた。

「亥神様《いのかみ》……」

その名を呼べば、柱にもたれかかってこちらの様子を眺めていたらしい亥神が、片手を上げて笑った。

いつの間にここに、と問いかける間もなく、彼はゆったりとした足取りでタマの元まで近寄ってくる。

「応。相も変わらず見事な舞だな、環姫よ。……まあ、今は集中できていないようではあるが」

「……お恥ずかしい限りです」

「なぁに。お前とて悩むこともあるだろう。特にこの時期はな」

皆そうだった、と、亥神は肩を竦《すく》めて続けた。

――今までの環姫役の皆様。

――私と同じように、ミケ様やたすき役の子について悩まれたのかしら。

思い返してみても何もかも尊敬しかない、タマにとっての唯一無二の先輩である先代環姫役の女性も、今のタマのように悩んだのだろうか。あんなにも完璧《かんぺき》な方にも、思うところがあったのだろうか。

その考えは、純粋かつ新鮮な驚きをタマにもたらした。

考えてもみなかったのだ。自分ばかりが悩んでいると思っていたけれど、それはとんだ傲慢《ごうまん》な考えだ。

無性に恥ずかしくなって自然とうつむくと、その頭に、亥神の大きな手が乗せられる。

「悩むことが悪いとは言わぬよ。悩んでこその人の子だ。環姫役とて例外ではなく、だからこそ我らは環姫役を……いや、まあこれはまだいいか」

うむ、とこちらがよく解らないままに一人で亥神は完結してしまったらしく頷《うなず》いた。ううん？　と顔を上げて首を傾《かし》げてみせると、彼はくつくつと笑って「それで？」と続ける。

「環姫、お前の悩みはなんだ？　我とて神の一柱、十二支が一角に名を連ねるもの。その悩みをほどいてしんぜようぞ」

どこかおどけた様子で、亥神はにやりと口角をつり上げる。その姿に、ついついふふと笑ってしまった。

神々は人間を確かに庇護《ひご》対象として見つめてくれるけれど、個々の存在として認識することなど滅多にないと聞いている。

その中で、タマが環姫役だからこそ、であったとしても、こうして手を差し伸べてくれる亥神が、なんとも頼もしく感じられる。

——やっぱり、気のせいよね。

——ときどき、このお方の目が、怖い、なんて。

いつだったか感じた、彼の深い瞳の奥に宿る何かに対する違和感は、今はない。たとえからかわれているだけなのだとしても、素直に打ち明けたいと。甘えさせてもらいたいと、そう、自然と思えた。

「たすきさんと、うまくいかなくて」

「ああ、そのようだな」

「それからミケ様に、今までのお礼がしたくて」

「ほう？」

「結局、どっちつかずになってしまっております……」

「ああ、なるほど。そういうことか」

ふむふむ、と亥神は頷く。

ここ数日タマの頭を占め続けているこの悩みを、彼はどうほどいてくれるというのだろう。

常ならばどんな悩みもミケに相談してきたけれど、今回ばかりはそうはいかない。たすきについてはタマが自分で解決しなくてはならない問題であり、ミケについてはまさか本人に助けを求めるわけにはいかないのだから。

藁《わら》にもすがりたい気持ちであったが、まさか差し伸べられたのが藁ではなく神の手であるとは、とんだぜいたくもあったものだ。

――私が自分でなんとかできればよかったのに。

こういう甘えたところも、きっとたすきは「なんて頼りにならないのか」と腹立たしいのだろうし、ミケはミケでそろそろ呆れられても仕方がない頃合《ころあ》いである。

考えれば考えるほど落ち込んでいく思考に溜息《ためいき》を吐き出せば、そんなタマの肩を軽く叩《たた》いてくれる大きな手がある。顔を上げると、そこには深い笑みをたたえた亥神の顔があった。

「ならば環姫よ。我に妙案があるぞ」

「妙案？」

「ああ。たすきも誘って、川遊びなどどうだ？　魚を捕らえて、お前がその手で裁彦《たつひこ》のための料理をこしらえてやれば、あれも大層喜ぶだろう。男とはそういうものだからな」

どうだ？　といかにも自信満々に亥神はその分厚い胸を張った。はは ぁ、とタマは頷きを返すより他はない。

殿方の考えることなど、タマにとっては未知の領域すぎて何も解らない。ミケのように掴《つか》みどころのない性格をしている殿方が相手ならばなおさらだ。

けれどだからこそ、気が遠くなるような長き時を生きる〝殿方〟である亥神の言うことは、ごもっともなのではないかと思えた。

その上で、あえて不安を挙げるならば、一つだけ、決して看過できない部分がある。

「たすきさん、私が誘っても、その……」

「まあ断られるであろうな」

「ですよね」

そもそも顔を合わせることすらなかなか叶わない上、なんとか彼女を探し出しても一目散に逃げられてしまうのだからどうしようもない。

亥神の提案は確かに妙案であるように思えるけれど、それ以前の問題がタマの前に横たわっている。

がっくりと肩を落としてみせると、亥神はさらに笑みを深めて、「案ずるな」と力強く続ける。

「ならばそこは我が動こうぞ。我の命であるとすれば、あの女童も無下にはすまい。そうと決まれば、我はあれを迎えに行くとしよう。環姫よ、お前は出かける準備をしておけ。正門の前で落ち合おう」

ではな、と、こちらの返答を待つことなく、亥神は去っていった。

一年間、順番に御社の主人を務める十二支は、わざわざ他者に案内されずとも、自身以外の住人の居場所を関知できるのだと聞いている。タマが必死になってたすきのことを探し回らなくても、彼はたやすく彼女の元にたどり着くのだろう。

「お任せして、いいかしら」

何せ本人が『任せろ』と言っているようなものなのだから、タマとしては願ったり叶ったりである。

よし、と深く頷いてから、タマは自室に戻り、手早く身支度を整えて、正門へと急ぎ足で向かった。正確には、向かおうとした、の、だが。

「おや、タマ。どこへ行くのかね？」

「ミ、ミケ様……!?」

「うん？　そうとも、お前さんのミケ様よ。どしたん、そんなに慌てて」

煙管《キセル》から香り高い煙を細くくゆらせて、タマの行く手に立ち塞《ふさ》がる形になっているミケがことりと首を傾げる。

ひえ、とおののくこちらの反応をいぶかしんだのか、彼は整った眉をひそめている。

「タマ？」

「え、ええええと、あの、そのですね、なんでもな……」

「い、ことはなかろうよ。出かけるつもりなんか？」

「えええええええっとぉ……！」

まさしく出かけるつもりである。

環姫役は基本的に御社に常駐することを求められるし、それが当然であるとタマ自身も思っているが、何事にも例外がある。

先達てミケとともに鳥居前町に出かけた件については例外中の例外すぎるが、そうでなくとも、主《あるじ》である十二支のため、十二支の命令、という形であれば、環姫役は御社から出て、時不《とき》知《し》山《らぬやま》の中であれば自由に動くことが許されるのだ。だからこそ亥神は川遊びを提案してくれたのだと理解している。

だがそれを今この場でミケに説明するのはまずいだろう。

タマは彼へのお礼のために川へ魚を捕りに行こうとしているのだ。まさかそのまま説明して「待っていてくださいね！」と送り出してもらうのは、少々どころではなく恩着せがましすぎる。

とはいうもののうまい言い訳も見つからず、ひたすら目を泳がせるタマに、ミケはますますいぶかしげ……を通り越してもはや不審そうな様子になり、「タマ」と短く、それでいて有無を言わせない口調とともににっこりと笑った。

「悪いことは言わんよ。だからさっさと正直に……」

話してみ、とでも続けられるはずだったのかもしれないミケの台詞《せりふ》が、最後まで語られることはなかった。「こら」と、笑い交じりに割り込んできた声のせいだ。

タマとミケがそろってそちらを向けば、亥神が、これ以上なくむっすりとした顔つきで唇をかみ締めているたすきをともなって、こちらへとやってくるところだった。

「そこまでだ。環姫をそういじめないでもらおうか」

「……誰がいじめてるって？」

「お前に決まっているだろう、裁彦よ」

低く唸《うな》るようなミケの問いかけを軽々といなして、亥神はにやりと口角を引き上げる。

ますますミケのまとう雰囲気が剣呑《けんのん》なものになるが、構うことなく亥神はさらに続ける。

「悪いが環姫は、これから我と逢引《あいびき》だ。まあ、この通り、たすきもともにだがな」

「えっ」

あいびき？　あいびきって、あの逢引ですよね？　それは初耳なんですが……！　などというタマの内心の声など当然聞こえているはずもなく、ミケが器用に片方の眉《まゆ》だけをつり上げる。

「それを俺《おれ》が許すとお思いかね？」

それこそまさかさね、と言外にミケは語っている。

にもかかわらず、その言外の声を確かに聞き拾った上で、なおもしたり顔で亥神は頷いた。

「思っているとも。先に禁を破ったのはお前だ、裁彦。文句は言わせんぞ」

「…………」

「沈黙は是として受け取ろう。さて環姫、たすき。小うるさいお目付け役から許可は得た。我らだけで楽しく逢引と行こうではないか」

はははははは、とそれはそれは楽しげに笑いながら、亥神はさっさとタマとたすきを左右の腕でそれぞれ抱き寄せて歩き出す。

――え、あの、これは本当に大丈夫なんですか⁉

――どう見てもミケ様、ものすごーくご機嫌斜めになってらっしゃるんですけれど⁉

亥神に力強く導かれつつ、肩越しにタマは振り返る。ばちん、と、こちらを無言で見つめるミケの視線と、自らのそれが、音を立ててかみ合った。

金色の中に三日月が浮かぶ、美しい瞳は、苛立《いらだ》ちと腹立ちと、それから、タマの知りえない、言い知れない何かを宿してこちらを見送るばかりだ。

その瞳を見つめ返し続けることができなくなって前を向いたタマは、ばくばくと大きく高鳴る鼓動に気付かないふりをして、自らの意思で亥神とともに歩き出す。

背中になおも突き刺さる視線に宿る熱に、身も心も焦がされてしまいそうだった。

そうしてタマは亥神とたすきとともに正門を出て、時不知山の中腹の渓流へとたどり着いた。

師走《しわす》のこの時期に川遊びなど、本来ならば考えられない所業である。だが、時不知山においては季節など関係がない。

〝時不知山〟という名の示す通り、神域であるこの山において、現世の時の流れなど関係がないのだ。

四季を問わぬ花々が常に咲き乱れ、木々は自ら身にまとう色を選び、常緑のものもあれば紅葉するものも存在する。川の流れとて例外ではなく、真冬と呼ばれるこの時期でも、その清水の流れは心地よい温度を保ち続けている。

着物のすそをめくり、ためらうことなく川に足を踏み入れたタマは、その心地よさに目を細めつつも、はあ、と溜息を吐き出さずにはいられなかった。

――ミケ様に喜んでほしくて川に来たのに。

喜ばせるどころか、あれは確実に明確にものすごく怒っている様子だった。これでは本末転倒である。

たすきはたすきで、タマには見向きもせずに、川辺に座ってぼんやりとその水面を眺めるばかりだ。どこからどう見ても楽しんでいるようには到底見えない。

声をかけようにもどう言葉をかけていいものか見当もつかず、結局タマはタマでいたずらに水面を蹴《け》ることしかできない。

そんなタマの元に、亥神がざぶりと太く鍛え上げられた足で水面をかき分けてやってくる。タマの足元を通り過ぎていこうとした川魚を、一匹、二匹、さらに続けて三匹、四匹、五匹と、次から次へとあっさり片手で掴み上げて魚籠《びく》へと放り込んだ彼は、その魚籠をタマへと差し出しながら、長身をかがめて顔を覗《のぞ》き込んでくる。

「……要らぬ世話だったか?」

彼の言う『世話』とは、タマのかわりに魚を捕まえてくれたことについてではないだろう。それが解るからこそ、タマは小さく笑ってかぶりを振った。

「いいえ。ありがとうございます」

「ならばいい。ほら、手を貸せ。そうそうここまで来られることもなかっただろう。せっかくなのだから少し深みを覗いてみろ」

「え、いえそんな……って、亥神様、あの、あ、あああああっ!?」

笑みを浮かべつつも、その笑みに翳《かげ》りをなお残してしまっていることに、亥神は敏《さと》く気付いてくれたらしい。それでもそれ以上突き詰めるような真似はせずに、彼はタマの手を優しく、それでいて力強く引いて抱き寄せたかと思うと、そのまま淵へと自ら飛び込んだ。

ばしゃん！　と盛大な水音が上がり、タマの悲鳴がこだまする。

やがて亥神に抱き上げられた状態で水面から彼とともに顔を出したタマは、当然だがびしょぬれの状態で、亥神のことをにらみ付けた。

「もう！　亥神様!!」

「ははは っ！　お互いぬれねずみだな。ほら環姫、我を見るがいい。水もしたたるいい男だろう？」

「確かにそれはそうかもしれませんけども、危ないじゃないですか！　せっかくのお魚も逃げてしまったし、少しは反省なさってください……って」

はた、と、気付く。亥神に抱き上げられた状態のまま、視線を巡らせれば、突き刺さるような視線と自らのそれがかち合った。

あ、と思う間もなく、嵐《あらし》のように荒ぶる激情を宿したまなざしが、ギンッとますます鋭くなる。

反射的にぶるりと震えたのは、全身がぬれているせいではない。向けられるまなざしに宿るそれは圧倒的な敵意。それはタマが初めてさらされる悪意……そう、きっと、嫉妬《しっと》と呼ばれるそれだった。

「……たすき、さん？」

恐る恐るその名を呼ぶ。亥神の腕から解放してもらい、たすきの元へと水面をかき分けて進む。できる限りゆっくりと、少女を刺激しないように努めたつもりだった。けれど彼女はひゅっと息を呑《の》み、身を縮こまらせるように両腕を胸の前に引き寄せて、悲鳴のように叫んだ。

「っこないで！」

それは明確な拒絶だ。

その圧倒的な気迫に足を止めざるを得ないタマをこれ以上なく強くにらみ付け、たすきは全身を震わせている。

「わたくしは、あなたが嫌いです」

「た、たすきさ…」

「何が『たすきさん』ですか。どうせあなたは、わたくしのことを馬鹿《ばか》にしているのでしょう。自分の方がよっぽど上手に舞が踊れる、立派な環姫役なのだからって！」

「そんなこと……！」

ない、と、続けたかった。

けれど、たすきはこちらの言葉の続きを待つことなく、地団駄を踏みながら身もだえた。

「嫌い、嫌い、きらいきらい、だいきらい！　あなたなんて、何にも知らないくせに！　あなたなんて、何にもしてこなかったくせに！　わた、わたくしの方が、あなたなんかよりももっとずっと頑張ってきたのよ！　あなたなんかより、わたくしの方がずっとずっとずっと、たすき役としても環姫役としてもふさわしいの!!」

そうじゃなきゃいけないの、と、愛らしいかんばせがくしゃりと歪《ゆが》められる。

その大きな黒瞳《こくとう》に、とうとうなみなみと涙がたたえられた。

「だってそうでしょう、わたくしだって舞がうまいって褒められたわ！　作法も、知識も、なんでも完璧だった！　歴代随一の環姫役になれるって、誰も彼も褒めてくれて、だから、だから頑張ってきたの！」

それなのに、と、少女の唇がわなないた。どうして、と、涙がぼたぼたととめどなく落ちる。

「それなのにどうして、みんな、あなたのことばっかりなの……！」

幼い身体《からだ》に閉じ込められていたその言葉は、血を吐くような慟哭《どうこく》だった。

「たすきさん、私は……」

「来ないでって言ってるでしょう！」

「――――ごめんなさい、そうはいかないわ」

ざぶざぶと、水面をほとんど泳ぐようにかき分けて進む。一刻も早く、たすきの元に行きたかった。その小さな身体を、抱き締めたいと思った。

けれど。

「わたくし、わたくしだってっ、わたくしだって……ッ!?」

「ったすきさん!!」

タマから逃れようとしたたすきの足がまろんだ。小さな手足は宙をかいて、ぐらりと幼い身体は傾ぎ、そのままざぶりと川の流れに呑み込まれる。

たすきが落ちた場所もまた、先ほどタマと亥神が飛び込んだような深い淵だ。しかも、タマの記憶が確かならば、あの辺りは特に水温が低い場所でもある。

どうしよう、なんて、考えている暇はなかった。それよりも先にタマの身体は動いていて、ためらうことなく自らもまたたすきが消えた淵へと飛び込む。

凍えるように冷たい水が全身を包み込む。けれど構わず水をかき分ければ、透明すぎる水底で、たすきが必死に手を伸ばしているのが見えた。

――たすきさん!

声なく叫び、タマは手を伸ばした。

たすきががむしゃらに伸ばしてきた手を取り、そのまま一気に水面へと向かう。

「環姫! たすき!」

「い、の、かみさま……っ」

――どうか、たすきさんを……!

焦りをあらわにして近付いてきてくれた亥神に、抱えていたたすきを託す。亥神は確かにぐったりとしたたすきを受け止めてくれた。

亥神ならば、彼女を任せられる。的確な処置を行い、少女のことを必ず助けてくれるだろう。

そう心から信じ安堵《あんど》できたからこそ、タマは自らの身体から力が抜けるのを感じた。

身体が芯《しん》から凍り付くようだ。寒くて寒くて仕方がなくて、そのまま今度は自らが水にさらわれるのを感じた。

とぷん、と、静かに自分が沈んでいくのが、まるで他人事《ひとごと》のようだった。

どこまでも静かな水の世界の奥底へと向かいながら見上げた先は、陽の光がきらきらときらめいている。

呼吸できない苦しささすら忘れて、降り注ぎながらきらつく光に見入って、そして。


――――ちりん。


鈴の、音、が。

手首に着けていた、中身が入っていないはずの鈴が鳴って。

それから、続けざまに、ちりん、ともう一度、音が降ってきて。

それが自分の手首の鈴が発した音ではないことに気付き、無意識に閉じていたまぶたを持ち上げれば、降り注ぐ光を背負いながらこちらへと伸ばされる手があった。

いつも被《かぶ》っている彼の制帽はどこかへ流されてしまっていて、三色を紡いだ長い髪が水に踊る、まるで夢のような光景がそこにある。

——みけ、さ、ま。

彼が必死になって手を伸ばしてくれているのに、それなのに、ああ、もう、声が出ない。手を伸ばすことすら、叶わない。

いよいよ息が続かなくなって、ごぽりと大きく気泡を吐き出すと、その口にミケの唇が寄せられる。

——あ、わた、し。

——この、感触を、おぼえ、て、る。

…………あれは、そうだ。今年になって、十九を迎えたばかりの頃《ころ》。

タマは非常に珍しくも病に倒れた。

病といってもただの風邪だが、御社に迎えられてからというもの、とんとそういうものとは無縁だったタマには大層辛《つら》いものだった。

環姫役として亥神をもてなさなくてはならないのに、それが叶わず布団の中でふうふうと荒い息を繰り返すばかりの自分のふがいなさがどれだけ情けなかったことか。

亥神は「気にするな、まずは養生しろ」と見舞いついでに頭を優しく撫でてくれたけれど、ありがたく思うと同時に、やはり申し訳なさの方がよっぽど大きかった。

熱にうなされる日々の中、こんな時は昔はどうしていたのだろう、と、ぼんやりと考えた。

御社の一員となる前、まだ血の繋《つな》がる家族と暮らしていた頃。

あの時は、と、かすむ思考の中でぼんやりととりとめなく考えていた頃合いに、私室に顔を覗かせてくれたのは、やはりミケだった。

——大丈夫かえ？　ああ、そんなに顔を赤くして。

汗で額に張り付いた前髪をそっとはがしてくれた彼は、タマの枕元へと視線を向けた。

——薬は……おやまあ、まだ飲んでいないのか。

——すみ、ません。なんにも、喉《のど》を通らなくて……。

枕元に置かれた手つかずの薬湯の存在にはずっと気付いていた。けれどあまりのけだるさに身体を起こすこともできないものだから、それを口にすることなど到底できるはずもなかった。

ミケと話している合間にすら、また眠気が襲ってきた。頭がもうろうとして、何もかもよく解らない。まぶたが重くて仕方がなかった。せっかくミケが見舞いにきてくれたのに、ぼんやりと意識が遠のいていく。

——タマ。

——は、い。

——これは、下心ではなく、真心であるがゆえ、数に入れてはいけないよ。

——……え……？

もうほとんど意識のない中で、ミケの声が確かにそう聞こえてきて。

そうして、唇にあたたかくやわらかな感触が重なって、口の中にツンとした匂いがする味が広がって。

そうしてそのままタマは眠りに落ち、次の日すっかり回復したのだ。

ああそうだ、あの時と同じ感触。やわらかさ。あたたかさ。

そうしてそのまま身体の中に、彼の吐息と、あたたかな何かが流し込まれて、タマはミケに抱き締められて水面へと引き上げられた。

「っは、ごほ、げほっ！　ごほっ!!」

「は――――、いやはや、さすがにこれは胆が冷えたもんだ。大丈夫かえ、タマ」

涙と鼻水でぐちゃぐちゃになりながらむせかえれば、そっと優しく背中を撫でられる。

その確かなぬくもりに、ようやくタマは、自分こそが溺《おぼ》れかけ、そしてその窮地を、今こうして自らを抱き上げてくれている存在によって救われたことを自覚した。

「ミケ、様」

「おうよ、ミケ様よ」

すっかりぬれぼそった状態で、確《しか》とタマを腕に抱いてにんまりと笑うのは、間違いなくミケである。

互いにぽたぽたとあちこちから水をしたたらせながら顔を見合わせて、彼のいつも通りの……ではなく、いつになく安堵がにじむ笑顔を前にして、タマはハッと息を呑み真《ま》っ青《さお》になった。

「も、申し訳ありません！　ミケ様は水が苦手なのに、こんな、こんな真似を……！」

「うんうん、この俺に川に飛び込ませる真似をさせるのは後にも先にもお前さんだけだぜ」

「あああ本当にすみません!!」

もはやタマの謝罪は悲鳴そのものである。

我ながら最悪すぎる失態に震えるが、ミケは責めるでもなく、からからと笑うばかりだ。

「タマは本当に、俺がいなくちゃ駄目だねぇ」

「そ、んなこと……」

「ん？　ないって？」

「………」

駄目押しのように問いかけられ、『ない』と答えることができなくなってしまった。

だがそれは悪手だった。その沈黙こそが何よりの肯定であると気付いてしまって、恥ずかしいやら申し訳ないやらでいたたまれないことこの上ない。

両手で顔を覆いたくなる衝動と闘いながら、涙目のままミケを見つめたタマは、そしてさらに気付いた。あれ？　と首を傾げ、さらに彼の顔を覗き込む。

ただでさえ近い位置にあった互いの顔をさらに近付けてきたタマに、ミケもまた首を傾げるが、構うことなくタマは口を開いた。

「ミケ様？」

「うん？」

「どうして嬉《うれ》しそうなんですか？」

「…………は？」

　ぽかん、と口を開けたミケの表情をじいと見つめる。

　先ほどまでの彼の笑顔には、確かに喜びがにじんでいたように見えた。何一つ喜ばせる真似などした覚えはなく、だからこそ余計に不思議でならなくて思わず問いかけてしまったのだけれど、ミケはその自覚がなかったらしい。

　ぱちぱち、と金の瞳をまばたかせた彼は、やがてその瞳をすがめた。

「……そう見えるんか？」

「はい」

「ううん、そうさねぇ……。お前さんがそう思うなら、そういうこと、なんだろうよ」

　そう続けてくつくつと喉を鳴らすミケの物言いは、これ以上なくずるい言い方だった。

　けれど不快にはならない。むしろなんだかほっとして、自分まで嬉しくなってしまって、ふふとタマも笑う。

　そんな二人の耳に、「環姫、裁彦」と呼び声が届く。

　亥神だ。

　彼が川辺に座り込んでいて、その横で同じく座り込んでいるたまきが真っ青な顔でこちらを見つめている。

「亥神様！　たすきさん！」

タマが声を張り上げると、心得たようにミケがタマを抱えたまま川辺へと向かってくれる。最後まで確かに自分のことを送り届けてくれた彼に頭を下げてから、タマは慌ててたすきの前にひざまずいた。

「たすきさん、大丈夫かしら？　ああ、無事でよかった……！　怪我《けが》はない？　どこか痛いところは？　いえそれよりも、こんなにぬれていたら寒いでしょう、早く御社に戻って湯殿の準備を……っ」

「っばか！」

「え」

「ばか、馬鹿なのですか、あなたは!?」

「え、えええ？」

全身を震わせて、たすきが立ち上がる。その震えが寒さによるものではないことくらい、さすがに理解できた。

理解できるからこそ、理解できない。

どうしてこの場で出てくるのがよりにもよって『馬鹿』なのか。いや確かに、たすきのことを最後まで助けきれずに亥神に任せきりにしてしまったし、そもそもたすきを溺れさせてしまうような真似をしたのは馬鹿以外の何物でもないけれど……うん、確かに馬鹿である。

「ごめんなさい、たすきさん。あなたを危険な目に遭わせてしま……」

「違います!!」

「えっ」

「わたくしがこうなったのは、わたくしが愚かであるがゆえにございます！　勝手に嫉妬して、うらやましがって！　わたくしが川に落ちたのは、わたくしの責でございましょう！」

「そんなことは……」

「あるのです！　そんなことあるのに、それなのに、どうしてあなたがわたくしを助けるのですか!?　わたくしのことなんて放っておけばよろしいでしょうに!!」

ぼた、と。

大粒の涙が、たすきの瞳からこぼれ落ちた。

小さな手を、その色が白くなるほどにきつく握り締め、顔を真っ赤《まっか》にして、今にもしゃくり上げそうになりながら、それでもなおたすきはタマのことをにらみ付けてくる。

けれど、ちっとも怖くない。

ただどうしようもなく彼女のことがいとおしく感じられて、その心のままにタマは彼女のことを抱き締めた。

ひゅっと息を呑む小さな身体をこれ以上なく丁寧にかき抱き、何よりも優しくその背を撫でながら、タマは微笑《ほほえ》んだ。

「私はね、たすきさん。あなたが来てくれて、本当に嬉しかったの」

「……わたくし、は、あなたを、馬鹿にして、いたのに？」

「あら、過去形？」

「っ！」

「ふふ、今のは意地悪だったわね。ええ、たとえ馬鹿にされたのだとしても、私はあなたのことを大切にしたいと思ったの。今までの私の十二年を、あなたにあげたいと思ったわ。だって、あなたは、いつだって一生懸命だったから」

必死になって気を張って、背伸びをして、当代たすき役として、次代の環姫役として、自らを奮い立たせていた。

そう、ずっとずっと、この少女は頑張っていたのだ。

だからこそ、タマは自分の環姫役としてのすべてをこの少女にあげたかった。

そうするだけの価値と意味が、この少女にはあるのだと、当たり前のようにそう思えたから。

だから。

「たすきさん。無事でいてくれてありがとう。今更だけれど言わせてくれるかしら。あなたに会えて、私はとても嬉しいわ」

「――――っ、あ、あああああんっ!!」

小さな手が、タマのぬれた身体にしがみついてくる。

そうしてそのまま、わんわんとたすきは泣いた。ごめんなさい、と、何度も繰り返し、これ以上ないほどの力でタマに抱きついてきた。

その身体を抱き締め返すと、少女は今度は、ありがとうございます、とさらにもっとずっと泣いてしまって、タマはあらあらと途方に暮れた。

そんなタマとたすきを、ミケも、亥神も、何も言わずに穏やかに肩を竦め合って見守ってくれていた。

かくして、こうなってしまっては言うまでもないことなのだが、タマによるミケのための魚捕り、ひいては川遊びは頓挫《とんざ》する運びとなった。

タマもたすきも、それぞれミケと亥神によって適切な処置をほどこされ無事ですんだが、だからといって呑気《のんき》に「ならば続きを」という流れになるはずもない。たすきは亥神によって抱き上げられ、タマはミケに手を引かれて、御社に帰還をはたすことと相成った。

――そして、その、夜。

御社においては、常ならば誰もが一人で眠りに就く。

だがその暗黙の了解を破って、タマは、たすきの私室にて、既に布団の上に横たわっている彼女のそばに座っていた。

「わたくしならば大丈夫にございまする。環姫様こそお疲れにございましょう。わたくしのことなど捨て置いて、どうかお休みくださいませ」

「そういうわけにはいかないわ。いくら無事ですんだとはいえ、さぞかし驚いたでしょう？怖かったでしょうに。たすきさんが眠れるまで、そばにいさせてちょうだい」

何せ川に落ちて溺れ、その命を散らしかけたのだ。いくら今こうしてふかふかの布団をこれでもかと重ねた中にいるのだとしても、タマはたすきのことが心配でならない。

だからこそ、こうして彼女のそばにいるのは、彼女のためというよりは、自分自身のためなのだとタマは思う。

――結局、私のわがままなのよね。

そんなことは解っているが、それでもその上でこのわがままは譲れないものだ。

柳眉《りゅうび》を下げて戸惑いに瞳を揺らしながら、たすきはこちらを見上げてくる。

その大きく綺麗《きれい》な黒瞳を覗き込んで、「駄目かしら？」と重ねて問いかける。タマの駄目押しに、きゅ、と少女は唇をかんでから、大層ためらいがちに再び口を開いた。

「だ、め、では、ございませぬ。でも、でも、環姫様だって川に……」

「『でも』じゃないの。私なら大丈夫。それに、私は自分に何かあるよりも、たすきさんに何かある方がよっぽど悲しいし、心から慌てふためく自信があるわ」

「……それは、あまりにも自慢にならない自信ですわ」

「そうかしら？」

「そうですとも」

わざとらしく首を傾げてみせれば、たすきがさらに大真面目《おおまじめ》な顔になって枕の上で首肯する。そのままじいと見つめ合うことしばし、どちらからともなく、ふふ、と笑い合った。

照れくさそうに笑ってくれるたすきのその笑顔の愛らしさに、ぎゅうっと胸が掴まれるのを感じる。

ミケには「仲直り、と呼ぶには荒療治すぎたさねぇ」と苦笑されたが、それでもこうして互いに無事ですんだのであれば、その荒療治は正解であったのでは、なんて、呑気なことを考えてしまう。

溺れて命を落としかけたのだから、そうも簡単に「よかった」なんて言ってはいけないとは解っているけれど、それでもこうしてたすきと笑い合えることがこんなにも嬉しい。

「ねえ、たすきさん。今夜は私も一緒に寝ていいかしら？」

「……一緒、とは……？」

「添い寝してもいい？　って言った方が解りやすい？」

「！」

ぱちん！　と大きくたすきの黒瞳がまばたいた。そのまま驚きをあらわにこちらを見上げてくる彼女の返答を待つことなく、タマは、たすきの身には余る大きな布団の中に、自らの身体を滑り込ませる。

七歳の少女の身体の、いっそ熱いと呼べるほどのぽかぽかとしたぬくもりに身を寄せると、たすきはびくりと身体を震わせたが、すぐに緊張を解いてタマに恐る恐るすり寄ってきた。

「…………誰かに、添い寝してもらうのなんて、初めてです」

「あら、そうなの？　天神社では？」

「天神社のわたくしの世話役や指南役の皆様は、わたくしのことを〝たすき役〟として尊重してくださいました。けれどだからこそ、子供扱いすることもございませんでしたから」

「……そう」

それは完璧な〝たすき役〟を育て上げるためには正しいことなのかもしれない。けれど、幼い少女の心を育て守るためには、本当に正しいことなのだろうか。

タマの想像以上に、今こうして隣でタマのぬくもりに顔を緩めている少女は、さびしく悲しい思いをしてきたのかもしれない。眠れぬ夜をいったいどうやってすごしてきたのだろう。

自分にはミケがいてくれた。眠れないとぐずったら、彼はわざわざ隣に横たわって、ぽん、ぽん、とゆっくりとこの身体を軽く叩きながら、寝物語を語ってくれた。どれだけさびしくて悲しい夜だって、ミケのその声を聞いていると、いつだって心地よく眠りに就けた。

そんなタマよりももっと幼かった、この、少女は。

考えるだけで切なくなる想像に思わず眉根《まゆね》を下げる。

だがそんなこちらの反応など、敏い少女には想定内だったらしい。年齢に似つかわしからぬ大人《おとな》びた表情で苦笑したたすきは、「そういえば」と口火を切った。

「環姫様は、今までの環姫役の皆様がお役目を終えられた後、どのようにおすごしになられているかご存じですか？」

「え、ええと……その、ごめんなさい。存じ上げないわ」

何せそういう説明を受ける余裕もなく、七歳のタマは御社に放り込まれ……もとい、送り出されたのだから。

環姫役が、その役目を終えるのは二十歳。最後の年替わりの儀を終えた後、松の内の最終日に、時不知山を下りることになる。

山を下りた後のことなんて、想像したこともなかった。

けれど、言われてみればその通りだ。二十歳の元環姫役にも、当たり前だがその後の人生があり、その先をどう生きていくかを考えなくてはならないだろう。

――私、本当に、何も考えていなかったわ……。

これからの、人生。

思ってもみなかった途方もない未来は、期待よりも不安こそをタマに大きくもたらした。

そんなタマに気付いているのかいないのか、たすきはこちらが知らないことを自身が知っていることが誇らしいらしく、得意げな表情を浮かべた。

「では、わたくしが教えてさしあげますする。お役目を終えられた皆様は、ご生家に帰られたり、宮中に出仕されて宮仕えの道を選ばれる方もいらっしゃいます。あるいは、環姫役というお役目を立派にはたされたことを評価され、そのままお貴族様の元に降嫁なさる方もいらっしゃいました」

「……色々道はあるものなのね」

「はい」

てっきり誰もが生家に帰されるのだとばかり思ったのだけれども。

しかし実際はそればかりではなく、環姫役としての経験を生かして未来に繋げていく者も多くいるのだとたすきは言いたいのだろう。

つまりはタマの将来も、それだけ……いいやもっと多くの選択肢があるということなのだ。

――私の、選ぶ道。

御社ではなく、中津国《なかつくに》で生きていくにあたって、自分が選ぶべき未来は何が正解なのか。

ああ、やはり不安が募っていく。なんとかこの十二年を乗り越えてきたけれど、目の前のことで精一杯で、その先なんて考えたこともない。

――私の人生は、これからだということなのかしら。

それはとても不思議なことであるような気がした。

思わず首を傾げたくなるけれど、横たわったままではわずかに頭がずれる程度だ。

だからこそたすきはタマの反応に気付かず、さらに言葉を続けてくれる。

「ご生家へのご帰還、宮仕え、降嫁、とお伝えしましたが、実はこれらを選ばれる方はそう多くはないそうです」

「そう、なの？」

「はい。多くは、時不知山を下りてそのまま天神社に残られる方が多いのだと聞いております。私は今まで環姫役を務められた先達の皆様に、当代たすき役としての役目、次代環姫役としての役目が何たるかを教わりました。……環姫様は、そうやって皆様にご指南いただく前に、御社に入られたと聞いておりまする」

「それは……ええ、そうね。ほとんど何も知らないままここに来て、先代環姫役様に、とてもご迷惑をおかけしてしまったわ」

思い返すだに恥ずかしくなる不出来ぶりであったように思う。目の前に、〝完璧なたすき役〟がいるからこそ余計にそう思えてならない。

ド田舎《いなか》からやってきた、右も左も解らないような出来損ないの〝たすき役〟であった自分に、先代環姫役はそれは丁寧に何もかもを伝授してくれた。優しい、人だった。

だからこそタマは彼女にすぐに懐いたし、彼女が時不知山を下りる時、涙が止まらなかったものである。

懐かしい思い出だ。思わず瞳を細めて、楚々《そそ》と美しかった先輩の面影を脳裏に思い浮かべると、「だからです」と不意打ちのように、強めの口調でたすきが言った。

「え？」

だから、とは。

今度はタマの方が瞳をまばたかせれば、たすきはむっすりと頬《ほお》を膨らませて、なんともうらやましげにタマのことを見つめてくる。

「先代環姫役のお姉様……明香《あすか》様は、ずっと環姫様のことをお気にかけておいででした」

「明香様、って」

「先代様の真名です。もうお役目をはたされたお方ですから、既にその真名を名乗り、天神社で巫女《みこ》として勤められていらっしゃいます」

「ああ、そうなの。そう……先代様のお名前は、明香様とおっしゃるのね」

今もなお忘れがたき美しさをまとう彼女によく似合う、美しい響きの名前だ。

その明香が、長く、もしかしたら今もなお自分のことを気にかけてくれているのならば、それはとても嬉しいことだ。けれどたすきは、だからこそなのか、不満とわずかな嫉妬を織り交ぜて、愛らしく唇を尖《とが》らせる。

「いつも何かと環姫様のことを口にしていらして……明香様は本当にお優しくて、わたくしも、その、大好き、で」

「解るわ。先代様は本当に素敵な女性だもの」

「はい。ですから、目の前にいるのはわたくしなのに、と思うと悔しくて、本当に悔しくて。わたくしの方が、ずっとすばらしい当代たすき役であり、次代環姫役であるのだと、明香様に解っていただきたかった。これで環姫様が、わたくしがぐうの音も出ないくらい完璧な環姫役でいらしたなら、まだ諦《あきら》めもついたのですが……その、え、っと」

「……こんなので申し訳ないわ……」

言葉尻《ことばじり》を濁したたすきに苦笑すると、たすきはぐっと言葉に詰まり唇をかんだ。

あらあら、とその唇をちょんとつつくと、彼女は顔を赤らめて、「でも」と小さく呟《つぶや》く。

「舞、だけは。環姫様の舞だけは、認めてさしあげます。あなたの舞は、本当にお美しいから」

「そうかしら。自分ではよく解らないのだけれど」

「あれだけの舞を軽々と見せつけておいて、よく言えたものですね。ああもう、知らぬが仏とはこういうことを言うのでしょうか……いいえ、絶対違うでしょうに……」

「た、たすきさん……？」

何やらうんうんと唸り出してしまったたすきにそっと声をかけると、「放っておいてくださいませ」という非常に拗《す》ねた声とともに、布団の中にもぞもぞと潜り込まれてしまった。

なんだかよく解らないが、ご機嫌を損ねてしまったらしい。

せっかく仲良くなれそうなのに、と、慌ててタマは、こんもりともりあがるたすきの布団の塊を、布団から手を出してぽんぽんと叩く。

「ねえたすきさん、相談に乗ってくれないかしら。私がこの山を下りた後のことについて」

「……相談も何も、環姫様はご生家に帰られるのでしょう？　七歳まで大切に育てられていらしたなら、きっとご家族も、環姫様のご帰還を心待ちになさっているに決まっておりますわ」

布団の中から、完全にご機嫌斜めのくぐもった声が返ってくる。

タマは思わずふふっと声を上げて笑ってしまった。その途端、ばふっと布団をめくり上げて、たすきが再び顔を出す。

「何がおかしいのですか。自慢ですか？」

「いいえ、逆よ。自慢じゃなくて、自虐」

「……え？」

タマがさらりと告げた言葉に、たすきの瞳が見開かれる。まさかそんな言葉が出るとは思っていなかった、と、ありありとその瞳が言葉にするまでもなく語っている。

その黒瞳を見つめ返して、タマは「大した話ではないのだけれど」と前置いて、少しだけかつてのさびしさを思い出して再び笑った。

「私は確かに、七歳まで両親とともにいられたわ。それは、私の故郷が、大御神《おおみかみ》様の託宣《たくせん》すら届かない田舎だったから、という理由は確かにあるの。でも、それだけじゃない」

「……？」

「七歳になったばかりの頃、天神社から使いのお方がいらしたわ。私をたすき役として召し上げる、っておっしゃってね。父も母も大層驚いて、断れるはずがないのに、断ってくれた。かわいい娘なのだから手放せないって言ってくれたわ」

「ほ、ほら、やっぱり……」

「でもね」

そう、この話はそれだけでは終わってはくれないのだ。

たすきが口を挟もうとしたところをさえぎって、タマはそっと瞳を伏せる。

「天神社側が、両親に、私を差し出すかわりにお金を用意した時から、話は変わったの。いくらお金を積まれようとも、娘は渡さない、なんて、父は怒ってくれたし、母は泣いてくれた」

ほら、やっぱり。

そうたすきは繰り返そうとしたのだろう。ぱくぱくと彼女は口を動かそうとして、それでもそこから声が出ることはない。

タマの語り口が、どこかいびつであることに、敏い彼女は気付いてくれている。

そう。その気付きは、正解だ。

「両親が私を手放そうとしなかったのはね、その方が、私が高く売れるからよ」

「……！」

信じられない、と。たすきの表情が強張《こわば》り、瞳が大きく見開かれる。

その頭をそっと撫でて、タマは続ける。寝物語にするにはあまりにも不向きな話よね、と、他人事のように思いながら。

「私を天神社に送り出すのを渋れば渋るほど、天神社がよりたくさんのお金を出してくれることに、私の父と母は気付いてしまったの。だからこそ最後の最後まで渋って、渋り続けて、そうしてギリギリになって、もっとも高額のお金が用意された頃合いで、両親は私を天神社側に引き渡したわ」

「そ、んな」

「だから、実家にはちょっと、ね。正直なところ、帰り辛いものがあるの」

結局、どんな理由であったにしても、両親は、自分を売ったのだ。

それでも父は父であり、母は母であったから、幼い頃は幾度となく恋しくて泣いた。

けれど、もう、今となっては割り切っている。

環姫役としての役目を終えて中津国に帰還したとしても、あの懐かしい故郷に、両親が住まう家に、もうタマの居場所はないだろう。

だから。

「私も天神社に置いてもらえたらいいのだけれど。宮仕えも降嫁もできそうにないのだもの。

とはいえ、そうねぇ、先達の皆様のように天神社でお役に立てるかどうかは自信がないし……

ううん、どうしましょう、ミケ様にお口添えを願うのはさすがに甘えすぎよね……」

ゆっくりとたすきの頭を撫でながらとりとめもなくそう、ほとんどささやくように続けていると、「あ、あの！」とたすきが声を上げた。その声音からすっかり眠気が吹き飛んでしまっているのは、間違いなくタマが変な話をしてしまったからだろう。

つい話してしまったけれど、やっぱり黙っておくべきだったわ……と後悔しつつ、「なぁに？」と問い返せば、少女はうろうろと視線をさまよわせてから、ようやくその口を再び開いた。

「ずっと気になっていたのですが、どうして環姫様は、裁彦様のことをミケ様と呼んでいらっしゃるのですか？」

「え？」

「裁彦様ではなくミケ様とお呼びする理由を、お聞かせ願えましたらと」

「えぇっと……そう、そうねぇ……」

この質問が、たすきなりの気遣いなのだと、いくら鈍いタマでもすぐに気付けた。

彼女が意図的に話題を変えようとしてくれている。幼い少女に気を使わせたことを申し訳なく思いつつ、その不意打ちのような質問を内心で反芻《はんすう》し、ええと、と再び繰り返す。

「ミケ様がそう呼べとおっしゃってくださったから、かしら。ほら、ミケ様の御髪は、黒、茶、白の三色で、三毛猫さんみたいでしょう？　だからミケ様とお呼びするのはぴったりだと私も思って」

そう、大した理由などないはずだ。幼い頃いつまでも泣いている自分をなんとか泣きやませようと、ミケが思いつきで言った案であるに違いないと思っている。

けれどなぜかたすきは、なんとももの言いたげな表情を浮かべて、じいとこちらを見つめてくる。

「わたくしも裁彦様のことを『ミケ様』と呼んでいいですか、と問いかけても、裁彦様は受け入れてはくださいませんでした。きっと『ミケ様』とお呼びすることは、裁彦様が、環姫様だけにお許しになった特権なのですね」

「そんなに大層なものでもないと思うのだけれど……。泣く子供には敵《かな》わないってやつな気もするわ」

「でも環姫様だって、わたくしがタマ様と呼ぶのはお許しくださらないでしょう？」

「え」

その言葉に、思わず言葉に詰まってしまったのは、完全に失敗だった。

言葉がなぜだか見つからなくなって口をつぐめば、してやったりとばかりにたすきは「ほら、やっぱり」と笑った。

「そういうことでございましょう。仲がよろしくて誠に結構なことでございますこと」

たすきの小さな手が伸びてきて、ちょん、とタマの唇をつつく。

その軽やかな感触が、この唇が口にすることを許されているたった一つの呼び名を思い起こさせ、そして。

――……そういえば。

――口付け、を、してしまった、のよね？

川に沈んでしまったあの時、確かにミケはこの唇に口付けてくれた。思い返すと、一気に顔が赤く、そして熱くなる。

いやだがしかし、あれは男女の間の口付けと呼べるものではなく、ただの人命救助と呼ぶべきものであるはずだ。そう、先達て質の悪い風邪を引いた際、薬湯を飲ませてくれた時と同じように。

絵物語の中でしか知らないけれど、口付けとは、とても特別なものであるらしい。そんな特別なものを、ミケがタマにたやすくくれるはずがない。やはりあれはただの人命救助でしかないに違いない。

うんうんそうよね、そうに決まっているわよね、と内心で何度も自分に言い聞かせる。

そんなタマの動揺は、たすきにしっかり伝わっていたらしい。かんばせに不安をにじませたたすきが、「もしかして」とそっと声をひそめた。

「『タマ様』が、環姫様の真名であらせられるのでしょうか？　裁彦様だけに呼ぶのを許していらっしゃるのは、もしかして、いいえ、もしかせずとも、その、男女の契りの証《あかし》……」

「違うわよ!?」

思ってもみなかったたすきの突飛な発想に、さすがのタマもがばりと起き上がってしまった。布団をめくり上げられて、ぶるりと大きく身体を震わせたたすきを見て、慌ててその幼い身体に布団をかけなおしてから、改めてタマも座り込んで姿勢を正す。

「真名なわけがないわ。ただミケ様が、そちらの方が気安く呼びやすいからと思っていらっしゃるだけよ。そうね、もしかしたら、私が時不知山を下りた後は、たすきさんが……」

——そう、今度はたすきさんが、『タマ』と、ミケ様に呼ばれるようになるのかもしれないわ。

天啓のように落ちてきたその考えに、タマは自らの思考が停止したのを遅れて感じた。

そうだ。これからの御社にタマはいない。ミケと、たすきと、そして十二支の一柱が、新たな御社での暮らしを紡いでいくのだ。

その中でミケが、新たな『環姫役』を『タマ』と呼んでも、何一つ不思議はない。

けれど、でも、それは、今のタマにとっては……。

「環姫様?」

「っあ、ああ、ごめんなさいね、少しぼうっとしてしまって。眠くなってきたのかしら。やっぱり一緒に寝させてもらうわ」

「……はい。仕方がないので、許してさしあげます」

「ふふ、ありがとう」

再び布団に並んで潜り込み、向かい合う形で先ほどよりもより近く身を寄せ合いながら、タマは「そういえば」と間近からたすきの顔を覗き込んだ。

「たすきさんは、真名はなんというの？　ああごめんなさい、もちろん言わなくていいのだけれど。どんな方からつけていただいたのとか、そういうお話は……たすきさん？」

どうしたのだろう。たすきの表情があきらかに曇った。

まさか触れてはならない話題に触れてしまったのだろうか。

思わず口を押さえるが、そんなどうにも間抜けなタマの仕草が、妙にたすきの琴線《きんせん》に触れたらしい。彼女はふっと噴き出して、そしてあっさりと続けた。

「わたくしに真名はございません。ただの『たすき』。それがわたくしにございます」

その言葉に息を呑む。ああ、そうだ。たすきは、生まれて間もなく天神社に引き取られたと聞いている。それは、実の父母から名前を授けられるよりも前の話だったのだ。

だからこそ余計にたすきは、〝たすき役〟として完璧であろうとしているのだろう。〝たすき役〟こそが、たすきそのものであるのだから。

――――だったら。

「じゃあ、たすきさん。私、天神社で、あなたがお役目を終えるのを待っているわね。その時に、私があなたに名前をあげてもいいかしら？　十二年かけて、とっておきの素敵な名前を考えておくから」

恩着せがましいだけかもしれない。おせっかいなだけかもしれない。それでもかまわないから、この少女のために、とびきり素敵な名前を用意しようと思った。

ああ、そうだ。これをまずは目標にしよう。右も左も解らない未来だけれど、そこにこの少女と再び出会える日が来るのならば、そのために生きていくことができる。

どうかしら、という気持ちを込めて、たすきを見つめる。

彼女は限界まで瞳を見開いていて、そうして、やがてそこに薄く透明な膜が張った。けれどその涙がこぼれる前に、ぎゅうと目を閉じてしまった彼女は、それから小さな小さな声で、ささやいた。

「……勝手になさればよいのではないですか」

「ふふ。ええ、そうするわ」

よし、言質は取った。勝手にしろといってもらえたから、勝手にすることにする。

そうして、たすきの手をきゅっと握ると、そおっと、小さな手は同じように握り返してくれた。

「環姫様」

ようやく眠気が彼女の元に訪れたらしい。

かすれた声で呼ばれて、なぁに、とささやけば、少女は夢の世界へと旅立とうとしながらも、なおも言葉を紡いでくれた。

「びいどろ、嬉しかったです。名前も、楽しみに、しています」

その言葉にタマは心から嬉しく笑い、そしてたすきの頭を撫でて、自らもまた目を閉じた。


――それから、タマとたすきの距離は急激に近付いた。


正月飾りの準備や煤払《すすはら》いは元より、普段の食事の準備や洗濯に至るまで二人で協力し合い、さらに、たすきが自らタマに「舞の指南をしてほしい」と願い出るまでに至った。

そして、今日《きょう》も今日とて朝からともに奉納舞の練習に明け暮れる。熱中するあまり昼食も忘れ、正午をすっかり回っていたことに気付かされた時には、タマもたすきも「あぁっ⁉」と顔を見合わせて悲鳴を上げた。

「ど、どうしましょう、環姫様。亥神様の昼餉《ひるげ》の準備、何もできておりませぬ……！」

たすきが顔を真っ青にして涙ぐむ。何事に対しても完璧であろうとする少女にとっては、主である十二支の食事の準備を忘れていたという失態は許しがたいものなのだろう。

とはいえ、不謹慎だが、彼女がそうやって素直に弱音を吐き出してくれるようになり、こんな表情も堂々と見せてくれるようになったことに、タマは密《ひそ》かに喜んでしまった。本人は無意識なのだろうけれど、ここで「どうしましょう」と、自分のことを頼ってくれたことが、こんなにも嬉しい――――と、まあだからと言っても、いつまでも喜んでいる暇はない。

「任せて、たすきさん。こういう時のための献立だって、ちゃあんと先代様達はご用意してくださって……」

「ほう、それは楽しみだな？」

「ひゃあ!?」

「きゃっ!?」

二人そろって炊事場に飛び込むなり、背後から聞こえてきた声音に、文字通りタマもたすきも跳び上がった。

恐る恐る背後を振り返れば、炊事場の出入り口に立っているのは案の定亥神そのひとである。たすきがおろおろと目に見えてうろたえ出し、涙ぐんでいた瞳からいよいよぽろりとしずくがこぼれ落ちそうになる。そんな幼い少女を、亥神は軽々と抱え上げた。

「泣くな泣くな。我は怒ってなぞおらんぞ。舞の稽古、ご苦労である。ただ、さすがに小腹が空いてな。何かつまむものでもないかと炊事場に来たのだが……」

「お待ちください、亥神様。すぐに作らせていただきます！」

はい！　と勢いよく挙手してタマが宣言すると、亥神は驚きのあまり涙が引っ込んだらしいたすきを抱き上げたまま、鷹揚《おうよう》に頷いた。

「そうか、よろしく頼む。さて、それではできあがるまで、たすきに遊び相手になってもらおうか」

うん？　と至近距離から亥神に顔を覗き込まれたたすきは、ぱちん、と大きく瞳をまばたかせた。その愛らしいかんばせに、戸惑いがありありと浮かぶ。

「わ、わたくしが、で、ございますか？」

「ああ、そうだな……たとえば、かるた遊びなどどうだ？」

「……申し訳ございませぬ。わたくし、そういう遊び事には、とんと無知でございまして」

「ならば我が教えてやろう。環姫よ、後は任せたぞ」

しゅん、と肩を落とす少女の頭を、亥神の大きな手ががしがしと撫でる。たすきは気恥ずかしさゆえか顔を赤らめたが、抗《あらが》う気はないらしい。そっとこちらを窺《うかが》ってくる黒い瞳に、タマは笑顔を返した。

「かしこまりました。亥神様こそ、たすきさんのこと、よろしくお願いいたします」

「応」

そのまま亥神はたすきを連れて去り、残されたタマは、「よし！」と気合いを入れる。

幸いなことに米だけは既に炊いてある。ならば後は、と、タマは、朝食の味噌汁に使った出汁の残りにみりん、醤油《しょうゆ》、砂糖を加え、一口大に切った鶏肉を煮込み始める。

「タマ？　もう昼餉の時間は過ぎとるが、どうし……」

「ミケ様、ちょうどいいところに！　はい、卵を割って溶いてください」

「ん？　おうよ」

ひょこんと炊事場に顔を覗かせたミケに、振り向くことすらせずに指示を飛ばせば、彼はあっさりとタマの隣に並び、片手で続けざまに卵を椀《わん》に割り入れて、ちゃっちゃっと軽く菜箸《さいばし》でかき混ぜ始める。

その軽快な音を聞きながら、鶏肉を割り下で煮込むことしばらく。タマの手元と自身が溶いた卵を見比べたミケは、タマが何を作ろうとしているか敏く気付いてくれたらしい。次の指示を待つことなく、彼は三つ葉を切り分けて溶き卵と混ぜ、続けてどんぶりに炊きあがった米をよそい始める。

「タマ、俺の分は……」

「もちろん薄味に仕上げますとも。亥神様とたすきさんの分はもう少しお醤油を足して煮詰めますが、ミケ様と私の分はもうこっちの鍋に取り分けてあります」

「さすがいとはんは解ってるぜ」

「それほどでもあります」

ふふふ、とお互いに手を動かしながら笑い合ってから、タマはミケから溶き卵の椀を受け取る。さあ、ここが勝負どころだ。

火加減は弱めの中火にして、溶き卵をそっと二つの鍋にそれぞれ流し入れる。そのままじっと三十秒。火を消して、蓋《ふた》をしてさらに六十秒。余熱でほどよくとろとろに固まるのを待ってから、それをとろりとミケが米をよそったどんぶりに流し入れる。

最後に彩りの三つ葉をさらにはらりと散らし、これにて完成。

うんうん、我ながら上出来だわ、と、タマは笑みを深めた。

「さ、ミケ様。亥神様とたすきさんのところへ運びましょう」

「へいへい」

二つずつどんぶりをお盆に乗せて、ミケとともに亥神とたすきの元へと足を急がせる。

そしてそのまま亥神の居室の前で膝《ひざ》をつけば、開け放された障子戸の向こうには、真剣な表情で書物を開いているたすきと、それを苦笑を交えて見守る亥神がいた。

「昼餉の準備が整いましてございます」

「応、ご苦労。ほらたすきよ、そこまでにしておけ」

「はい」

亥神に促されて書物を閉じ、たすきがタマの元までやってくる。その手にある書物の題名は、いかにも小難しい歴史書だ。

てっきり亥神とかるた遊びをしているかと思っていたのだが、これは予想外である。あら？と首を傾げれば、亥神がくつくつと喉を鳴らした。

「たすきはかるた遊びよりも、書物の方がお好みらしい」

「わたくしにはまだまだ学ぶべきことがたくさんございますもの」

ツンとお得意のすまし顔を作ってみせるたすきに、タマもミケも亥神も、ついつい苦笑を浮かべてしまう。

たすきさんらしいわ、と思いつつも、もっと遊ぶことだって必要なのではないかしら、とも感じてしまうのは、きっと彼女にとってはいらぬ世話なのだろう。そういうお遊びも教えてあげられたらよかったのだけれど、生憎《あいにく》……。

——もう、時間切れね。

タマがこの御社を去る日は、刻一刻と近付いてきている。そこから今もなお往生際悪く目を逸《そ》らして、タマはまずは亥神、続けてミケ、たすきの前に、どんぶりと箸を並べた。

「本日の昼餉は、親子丼にございます」

「おやこどん……?」

きょとん、とたすきの黒瞳が大きくまばたいた。そのまま目の前のどんぶりを彼女は凝視する。鶏肉をとろとろふわふわの卵でとじて、そのままご飯の上にかけた、まるで小判を集めたかのように黄金色に輝く一品である。

手早く作れる上に間違いなくおいしいこの料理は、タマが得意料理であると胸を張って言える数少ない献立の一つだった。

米の上に直接おかずをかけるなんて下品な真似である、と言われるかもしれない。実際、さまざまな料理法を学んできたに違いないたすきには初めて見る料理らしく、目をまんまるにしてどんぶりを見つめるばかりである。

彼女らしからぬいかにもあどけないその様子に、ミケがにやりと笑みを浮かべた。

「たすき、なぜこのどんぶりが、『親子丼』と呼ばれるのか解るかえ？」

「え？　ええと、あの……どうして、でしょうか」

「うんうん、ならばミケ様が手掛かりをやろう。親子丼の材料は？」

「卵、と、鶏肉、でございましょうか……って、あの、まさか」

さっとたすきの顔色が変わった。ばっと再び親子丼を見下ろしてから、ミケの顔を見て、それから助けを求めるようにタマへとその視線がやってくる。

タマもまた、笑いをこらえているミケや亥神と同様に噴き出しそうになるのを必死にこらえてそっと目を逸らす。そのタマの反応に、敏いたすきは自身の答えが正しいものであると察してしまったらしい。

それでもどうにもその答えを認めがたいのか、少女はミケに向かって恐る恐る口を開いた。

「た、裁彦様、もしかして、あの、親子丼とは」

「ん、せやせや。お察しの通り、鶏が『親』で、卵が『子』だから、親子丼さね」

「‼」

「ちなみに鶏肉以外の肉を使ったものは他人丼らしいぞ、たすきよ」

「！　！　！　！」

ミケに引き続き亥神にさらに追撃され、たすきはあきらかに衝撃を受けた顔で固まった。

もう駄目だ、こらえきれない。タマが笑い出すと、続けてミケも亥神も楽しげに喉を鳴らす。

取り残されたたすきは、自分がからかわれたことにようやく気付いたらしい。顔を赤らめて、少女は「皆様！」と声を荒げるけれど、かわいらしい以外の感想なんて出てこない。

「はは、すまんすまん。ほら、熱いうちに食うがいい。我もいただこう。今日は無礼講としようではないか」

「タマ、ついでに酒も……」

「ミケ様、それは駄目です」

「つれないねぇ」

「なんとでもおっしゃってください。ごめんなさいね、たすきさん。私も同じ反応をしたことを思い出しちゃったわ。味は保証するから、ぜひ食べてみて？」

すっかりむっすりと頬を膨らませてしまったたすきを促すと、少女は柳眉をひそめたまま、箸で親子丼を口へと運ぶ。その次の瞬間、しかめっ面がほろりとほころんだ。

「どうかしら？」

「……おいしい、です」

「ふふ、よかった。簡単だから、あなたもすぐに作れるようになるわ」

「…………はい」

納得し切っていない様子ながらも、たすきは目の前の親子丼の魅力に抗うことはできなかったらしい。忘れていた空腹を思い出したのか、ぱくぱくもぐもぐと箸を進める少女の姿に、タマは笑みを深め、自らもまた箸を手に取った。

——……ええ、そうよ、そうだわ。

——何もかも、順調、なのよね。

それなのに、ほろ苦い思いが胸をよぎるのはどうしてなのか、タマには解らない。

解らないふりをし続けて、またいくばくかの日々が過ぎ去っていく。

気が付けばもう、年替わりの儀が行われる大晦日《おおみそか》まで後一週間だ。

本当に師走という月は、他の月よりもずっと早く時間が過ぎ去っていくように感じられてならない。

——残り、一週間で、新しい年を迎える。

——亥神様をお送りして、子神様《ねのかみ》を迎えることになる。

——それから、松の内が終われば、私はこの時不知山を下りることになるのね。

それは当たり前のことなのに、解り切っていることなのに、どこかで受け入れがたく思っている自分がいる。

理由は明白である。ようやく和解できたたすきとの別れ、そして、十二年間そばにいてくれたミケとの別れもまた迫っているからだ。

「まだ覚悟できていないなんて」

いくらなんでも往生際が悪すぎる。そんな自分に嫌気がさして、中庭をほうきで掃きながら思わず溜息を吐き出した。その時だ。

――――ちりん。

耳朶を打つ鈴の音に、気付けばうつむいていた顔を上げる。そうして背後を振り返れば、煙管をふかしながらゆったりとした足取りで近寄ってくる青年がいる。

ゆらゆらと揺れる、黒、茶、白が入り交じる高く結い上げられた長い髪。

川に流されたはずがなぜか彼の手元に戻っていた制帽を被り、着崩した詰襟《つめえり》の洋装の上に寒さ対策の長い外套《がいとう》をまとった、きっとタマの世界の中でいちばん美しい人。

「ミケ様」

「おうよ。ミケ様だぜ。どうしたえ、浮かない顔をして」

「……なんでもないです」

「って顔じゃなかろうよ。ほれ、ミケ様になんでも言ってごらん」

とりあえずこっちへおいで、と手招かれ、逆らう気になんてなれるはずもなく大人しく近寄ると、彼はタマを中庭の大きな庭石に座らせて、自らもその隣に座った。

「それで？　何を悩んでるんかね、俺の隣のいとはんは」

「だ、だから、なんでもな……」

「い、ってのは聞きやせんぜ。それとも、俺には言えない悩みなんか？　おお水臭いもんさね、ミケ様は悲しいねぇ。ミケ様はこんなにもタマに甘えてほしいと思ってるというに」

よよよ、と目頭を押さえて歌舞伎《かぶき》の女形のようにミケはしなだれる。そんな姿を見せ付けられては、もう悩んでいるのも馬鹿らしくなってきてしまう。

たまらずぷっと噴き出したタマは、そのままくすくすと笑いながら「じゃあ本当に甘えちゃいますよ？」と続ける。

「その、時不知山を下りたら、その後の身の振り方をどうしようかと思っていて。それで、できたら天神社にお勤めさせていただけたらいいな、と。でも雇っていただけるか不安で……」

本当の悩みについては伏せて、表面上の悩みを口にする。

ぴくりとミケの整った眉が片方だけ器用に持ち上げられたが、幸いなことに彼はタマの本当の悩みには気付いていないらしい。

じっとこちらを見下ろしてくる彼を「だから」と見上げる。

「ミケ様、甘えてほしい、とおっしゃってくださいましたよね？　だったら、天神社に、その、そういう方向性の口添えなど、お願いできたりとかしませんか？」

いくら十二年間のお役目をはたしたとはいえ、天神社が確実にタマのことを雇ってくれるという保証はない。巫女としてではなく、使用人としてでもまったく構わないのだけれども。

となればやはり、天神社とも繋がりが深いという〝裁彦役〟のミケに、推薦状を一筆したためてもらったり、そこまでは無理でも、それこそ口添えという形でなんとか天神社に何かしら関われる将来を得られたら、というのが目下の目標である。

しばらく、ミケは何も言わなかった。

じいと見下ろしてくるばかりの金色の瞳が、そうしてすうっとすがめられる。

「……できるか、できないか、だったら、できる、ってのが正解さね」

「わっ、だったらぜひに！」

「でもヤだね。俺がヤだからしない。絶対にしない」

「ええええ……!?」

甘えてほしいと言ってくれたくせに。酷《ひど》い。

いやでも確かに甘えるにしても、あまりにも甘えすぎている望みであることは確かだ。高望みしすぎた自覚はあるのでそれ以上頼み込むこともできない。

ああほら、ミケ様もすっかり呆れてそっぽを向いている。何やら彼のまとう雰囲気が険を帯びて、あきらかに不機嫌極まりない様相を呈している。

つい調子に乗ってしまった自分が恥ずかしくてこうべを垂れると、そのタマの頭に、ぽすっとミケの手が乗った。

「お前さんには、未来があるんだねぇ」

「え？」

「その未来に、俺がいないのが、無性に腹立たしくて仕方ないよ」

「え、と……」

それは、当たり前の話だ。

タマはやがて時不知山を下り、ミケはたすき……次代の環姫役とともに、この御社で十二支とすごすことになる。

タマにとっては生涯で一度きりの別れだけれど、ミケにとってはそうではないはずだ。だって〝裁彦役〟とは、そういう存在であるからだ。

――さびしいと。

――それでもなお、思ってくださるのかしら。

――今までもずっと、ミケ様は、さびしかったのかしら。

――ああ、そうだわ。

――だから私は、この方のそばにいようと思ったの。

――ずっと、ずっと、そばにいたかったの。

けれど、その誓いも、願いも、もう終わりの時が来てしまったのだ。だからもう、タマは覚悟を決めなくてはいけない。

「ミケ様」

「うん？」

「ちゃんと、ご飯は食べてくださいね」

「タマの飯なら喜んで食べるさね」

「寝てばっかりじゃいけませんよ」

「タマが起こしに来てくれるんだろう？」

「十二支様に、無礼な真似はなさらないでください」

「タマがいつも止めてくれるじゃないかえ」

「たすきさんのこと、どうかよろしくお願いいたします」

「俺よりもタマ。お前さんがそばにいてやった方が、あれは喜ぶだろうよ」

「～～～ミケ様！」

酷い。酷い。酷い。

こちらはこんなにも大真面目なのに。こんなにも、胸が張り裂けそうなのに。

それなのに彼は、薄く微笑んでこちらを見つめて、その唇からタマが叶えたくても叶わない望みを吐き出すのだ。

私だって。

そう口走りそうになるのを必死になって呑み込んで、そのかわりに悲鳴のように叫ぶ。

「私はもう、ミケ様のおそばにはいられないんです！」

幼かったあの日のように、何のてらいもなく、そばにいると誓えたらよかった。でも、もう叶わないのだ。どうあったとしても、もうタマの、環姫役としての役目は終わるのだから。

だから、と唇を震わせれば、その上に、そっとミケの指先が押し付けられる。

まるで口付けをされているようで、呼吸すらも奪われてしまう。

ただミケのことを見上げることしかできなくなったタマを、金色の瞳が見下ろしてくる。唇を押さえていた手が離れて、今度は両手で頬を包まれる。動けない。

あ、と、声なく唇をわななかせると、ミケは笑った。その笑顔に、ようやく気付く。

――ミケ様、怒っていらっしゃる……？

彼の金色の瞳に浮かぶ三日月……正確には、三日月のように細い瞳孔《どうこう》が、満月のようにまんまるになっている。その夜闇《よやみ》よりも暗い闇に宿る苛烈《かれつ》な光に息を呑めば、彼はにぃ、と笑みを深めた。

ぞ、と背筋を粟立《あわだ》たせるタマの頬をそおっと指先でなぞって、彼は続ける。

「――――そうさな」

低い声だ。

軽口を叩くような軽やかさとともに、底知れない怒りがそこに確かに存在している。

――あ……。

既視感があった。この怒りを、知っている。忘れようにも、忘れられない。

あれは、そう、タマがたった一人で、この時不知山の奥深くに足を踏み入れた時のことだ。

なぜそうしたのか、という理由まで、しっかりと覚えている。

卯神《うのかみ》の年、タマが十一歳の頃。中津国の頂点に立つ帝《みかど》が崩御し、その跡目争いで、人心は乱れ、国は大いに荒れた。

当然毎月十二支が集める穢《けが》れも強く大きなものとなり、卯神は「過労死しそう」とぐったりしていた。そして、その途方もない穢れを集める卯神が過労死しそうなほどの負担を強いられていたならば、その穢れを斬《き》り捨て祓《はら》う裁彦役であるミケの負担もまた巨大なものだった。

毎月十五日の月次の儀のたびに疲れた風情を色濃く重ねていった彼は、ある日とうとう倒れてしまった。

焦ったのはタマだ。あのミケ様が。どうしよう、ミケ様が。そう慌てふためくタマを、卯神は「少し休めば回復するから」と宥《なだ》めてくれたけれど、それで納得できるはずがない。

十一歳のタマは、何か自分にできることはないかと考えて、考え抜いて、そして、時不知山の奥深くに入ることを選んだ。ミケのために、薬草を採りにいこうとして。

そして案の定遭難し、途方に暮れて座り込んでいたところを、タマよりもよっぽど焦った様子で捜しに来てくれたミケに救助されたのである。

――この、馬鹿娘が。

低く地を這《は》うような声で彼は座り込んでいたタマを見下ろして吐き捨てた。圧倒的な怒りが、そこにあった。ああそうだ、心配してくれたのだ。それこそ、怒りのあまりに、安堵のあまりに、泣き出しそうになっているくらいに。

まさかミケがそんな顔をするだなんて考えたこともなかったし、何よりその姿からは彼が床に伏していた時のはかなさは感じられず、タマは声を上げて泣いた。

あまりにもこちらが大声でわんわんと泣くものだから、すっかり毒気を抜かれてしまったらしいミケは、それはそれは深い溜息を吐《つ》いて、タマのことを抱き上げてくれた。

——ほら見ぃ、そんなに怖かったんならもう二度とこんな真似はするでないよ。

——本当に馬鹿だねぇ、お前さんは。

心底呆れたようにぶつぶつとそう言葉を連ねる彼の首に両腕を回して、ぎゅうぎゅうと抱きつきながら、それでもなおタマは泣かずにはいられなかった。だって。

——ミケ様が、お元気になられて、よか、よかったです……！

——ミケ様、ミケ様、よかったぁ！

泣きじゃくるタマに、きっとミケは呆れていたのだろう。もうきっと、怒ることすら馬鹿らしくなったのだろう。

——本当に、本当に、馬鹿なんだねぇ。

そうかみ締めるように呟いた彼は、だからこそあの時、タマの愚かな真似を許してくれたのだ。でも。

――――今の、ミケ様は。

あの時のように、許してはくれない気がしてならなかった。

ああほら、彼は笑っている。笑っているけれど、笑っていない。圧倒的な怒りをその美しいかんばせの上にありありと描いて、タマを傷付けるためだけに言葉を紡ぐ。いつもと同じ、タマをからかうような口ぶりで。

「たとえタマ。お前さんがいなくなっても、この御社にはあのたすきが残る。あのいとはんはうまくやってくれるだろうねぇ。さぞかし立派な環姫役になるだろうさ。ああ、そうだとも。お前さんがいなくたって、何一つ問題なぞありゃあせん」

「っ！」

まるで研ぎたての刃《やいば》のように、ミケのその言葉はずたずたにタマの心を引き裂いた。

それなのに。

――どうして、あなたの方が、泣き出しそうなんですか？

そう問いかけたくて、でもできなくて、となればもう限界だった。

どんな文句も反論も出てこなくて、タマはミケの手を振り払い、立ち上がって駆け出した。

追いかけてくれないことは解っている。だからこそまろびそうになりながらもただ駆けた。

「環姫？　どうした？」

「いの、か、み、さま」

亥神は、中庭に面する縁側に腰を下ろし、真昼間から一人酒を楽しんでいたらしい。そんな彼に気付かずに目の前を駆け抜けようとしたタマの並々ならぬ様子に、亥神はわざわざ立ち上がって、素早くタマの片手を取った。

くんっと引っ張られ、彼の胸元に飛び込む形になってしまった。大きく身体が震えたのは、驚いたからであって、決して人肌に思わず安堵してしまったからではないはずだ。

そう、そのはずなのに。

「環姫？」

「……っ」

ぽろりと、涙がこぼれてしまった。

一度流れた涙はそのまま呼び水になり、続けざまにぽろぽろととめどなくあふれてくる。そのまま泣きじゃくり始めたタマの背に、亥神の手が、そっと、彼らしからぬ丁寧さで回された。

これ以上なんてないのではと言いたくなるくらいに優しく撫でてくれる彼の手が、あまりにもあたたかくて、だからこそ余計に涙があふれて止まらなくて、タマはひとしきり、彼に抱き締められるような形になったまま、泣き続けたのだった。

第四章　あのこがほしい　あのこじゃわからん

……夢を見ているのだと、すぐに気が付いた。ぼんやりと立ち竦《すく》む視線の先で、幼いタマがぼろぼろと涙を流していて、その前でしゃがみ込むミケが苦笑を浮かべている。

――タマは本当に、俺《おれ》がいないと駄目だねぇ。

呆《あき》れたように溜息《ためいき》を吐《つ》く美しい人が、ぐすぐすとしゃくり上げる自分の頭を撫《な》でてくれる、その手のぬくもりが、タマはいっとう大好きだった。

けれどそれは彼がタマのことを幼い子供扱いしているのだということと同意義である気もして、撫でられるたびに、嬉《うれ》しいのと同じくらい悔しくてならなかった。

――そんなことはありません！

――わ、私だって、もう立派な環姫《たまき》役なんですから！

そんな自分の気持ちに振り回されてばかりいたせいかもしれない。だからこそいくら反論しても、「うんうん、そうさねぇ」だとか、「もちろん努力は認めているともよ」だとか、ちっとも取り合ってくれない彼が、どんな気持ちで、いまだにこんなにも情けない自分のことを見守っていてくれたのか、何一つ解らないままでいる。

ミケ様、ミケ様。そう幾度となく彼の名を呼んだ。

そのたびに、タマ、タマと、笑い返してもらった。

——ああ、目の前の〝私〟が、〝タマ〟が、成長していく。

ミケと笑い合う自身の姿が、彼に〝タマ〟と呼ばれるたびに、現在のそれへと近付いていく。

頼りない幼子の姿から、十を数え、十五で成人を迎え、そして今の十九歳の姿へと。

毎年交代する十二支に仕えながら、ミケと児戯《じぎ》を繰り返すかのような十二年という月日。

タマはとうとう環姫役を終える二十歳を迎えようとしている。

自分にとっては長い時間だったけれど、きっと彼……永らく裁彦《たつひこ》役を担い続けたミケにとってはまばたきのような時間なのだろう。

大きくなったら、ミケにとってもっと頼りがいのある環姫役になれると思っていた。

けれど実際はどうだ。結局いくら姿かたちが成長しても、いつだってタマはミケに支えられ、導かれ、守られてばかり。最後の最後まで、彼を呆れさせ続けている。

——きっと、今までの環姫役の皆様は、そうではなかったのに。

タマは、今まで役目をはたし続けた先達である環姫役の女性達についての話題を、ミケの口から聞いたことはない。けれどわざわざ言われなくても、比べられなくても、彼女達はタマよりもよほど立派に役目をまっとうしてきたに違いない。

彼は今までの環姫役のことを覚えているのだろうか。もう忘れ去っているのだろうか。

もしも、後者ならば。

——私のことも、忘れてしまわれますか？

あなたが〝ダマ〟と呼んでくれた環姫役のことを。

そう思わず問いかけたくなって、けれど声にはならなくて唇をかみ締める。気付けばミケは十九歳になっていたタマを送り出していた。

先ほどまで泣きじゃくっていたのがうそのような、うさぎのように軽やかな足取りで駆けていく〝ダマ〟は去る。その薄い背中を最後までミケは見送って、そのままゆっくりと立ち上がる。

そうして彼は、当たり前のようにこちらを振り返った。

夢を見ているだけにすぎない、〝今のタマ〟を、彼のまなざしが捕らえてしまう。

そう、もうすぐ二十歳になる、いよいよ最後の役目に臨もうとしている、タマの姿を。

————っ！

ひたとこちらへと向けられる視線に戸惑わずにはいられない。

どうして。こちらの姿が見えているのだろうか。

夢だからこそ、タマの願望がそのまま〝ミケ〟に投影されているということなのか。

ああそうだ、そうだとも。これは夢だ。ひとときの夢だ。そうに決まっている。

でなければ、彼がこんなにも優しく自分のことを見つめてくれるはずがない。だってもう彼は、タマのことを……。

——どうしたえ、タマ。

——そんな泣きそうな顔をして。

まばゆい金色の瞳《ひとみ》に三日月が浮かんでいる。ミケは笑う。タマがよく知る、いたずらげで、やわらかな、確かな優しさを宿した微笑《ほほえ》み。

彼の弧を描く唇からこぼれる言葉は甘く、いっそ泣き出したくなるくらいに穏やかだった。

——ミケ様。

——私、わたし、は。

訳も解らずそう口走りながら、たまらなくなって彼の元に駆け出した。

当たり前のようにミケはタマのことを待っていてくれる。

幼かった日々、いつだって軽々と抱き上げてくれた腕が大きく広げられて、タマはその腕にためらうことなく飛び込もうとして、そして。


「…………ひどい、ゆめ、だわ」

ミケに触れる寸前で、意識は容赦なく現実へと引き戻された。

重くて仕方のないまぶたを持ち上げると、見慣れた天井が目に入った。かすれた自分の声が自分のそれではないようで、思わず笑ってしまう。

えいやっと布団を跳ね飛ばすようにして身を起こす。布団の中のあたたかさから一転して、冷たい空気が肌に触れ、ぶるりと身体《からだ》が震えた。同時に思考もまどろみから一気に覚醒《かくせい》し、ほうとタマは溜息を吐いた。

ミケの元から逃げるように走り去り、亥神《いのかみ》の腕の中で情けなく泣きじゃくってから、一週間が経過した。

いよいよ今日《きょう》は大晦日《おおみそか》だ。

今夜、とうとう、タマにとって最後となる年替わりの儀が執り行われる。

「結局、ミケ様とはあれっきりになりそうね」

この一週間というもの、ほとんど彼と顔を合わせていない。タマ自身がたすきとともに年替わりの儀への準備へ向けて忙《せわ》しなかったせいもあるが、理由はそればかりではない。

「ミケ様に避けられるなんて、私も随分出世したものだわ」

ともにすごしてきた食事時にすら彼は現れず、他の時間もまたとんと彼の姿を見ない。

本当は無理やりにでも、仲直りの機会を作った方がいいということくらい、解っている。

だって、今夜の儀式を終え、来年の一月十五日……松の内の最終日を迎えれば、彼とはもう二度と会えなくなるのだから。

十二年間世話になり続けた彼との別れが喧嘩《けんか》別れだなんて、あまりにも申し訳なさすぎるし、何よりも悲しすぎるではないか。

最後はちゃんと互いに笑って「お元気で」「お前さんも」なんてやりとりが交わせるのが一番に決まっている。

そんなことは解っている、のだけれども。

「うう、お腹《なか》が痛くなってきた気がする……」

最後の年替わりの儀へ向けた緊張か、ミケと会えないさびしさゆえか、あるいはその両方か。自分でもよく解らない痛みは、本当に腹から生じたものなのか、あるいはこの胸の奥底に眠る何かから生じたものなのか。

解らない。何も。そうやって解らない、と自分に言い聞かせることで逃げている自分を自覚しながら、パンッとタマは自らの両手で両頬《りょうほお》を叩《たた》いた。

「よし！　くよくよしてても仕方ないわ。とにかく今夜、頑張らなくちゃ！」

とても幸せで、とても嬉しくて、とてもさびしくなる夢を見た。

その記憶は早くも薄れつつあるけれど、ミケとすごした十二年間の思い出が失われるわけではない。

だから大丈夫なのだと頷《うなず》いて、タマは身支度を整え、最後の役目に向かって奮起する。

たすきとともに朝食の準備を終えて亥神をいつものようにもてなし、自分達は食事もそこそこに、最後の確認としての舞の稽古、それから本番のための衣装合わせに臨むこととなった。

「〜〜〜ったすきさん、素敵！」

万感の思いを胸に、タマは瞳を輝かせながら心からの賛辞を後輩となる少女に贈った。

タマの目の前には、年替わりの儀のための装束に身を包み、ほんのりと薄化粧をほどこされたたすきが、凛《りん》とした風情でたたずんでいる。

白い小袖《こそで》に緋袴《ひばかま》を合わせ、その上にまとうのは、神事において一般的にまとうとされる千早ではなく、たすき役のためだけに作られた打掛だ。純白の地の上に同じく白の絹糸で精緻《せいち》な刺繍《しゅう》が刺されたそれは、華やかでありながらも上品であり、たすきの愛らしく整ったかんばせをより引き立てている。

まだ何物にも染められていない純白は、これからの年月で代わる代わる色を変えていく。きっとどんな色もたすきに似合うに違いない。その姿が見られないのが、素直に残念に思えてならない。

つやめく黒髪が流れる頭には黄金の天冠が輝いている。そのきらめきに四季の生花がさらなる彩りを添え、どこからどう見ても申し分ない美しさだ。

十二支という神々に仕える身分でありながら、年替わりの儀のために着飾ったたすきの姿は、まさに高貴なる姫君のような出で立ちそのものだった。

「ああ、綺麗《きれい》、かわいい、素敵……！　時間が許すのなら、もっといっぱいお着替えしてほしいのに」

うっとりと目を細め、恍惚《こうこつ》とした溜息をこぼす。心からの感動に浸るタマの姿を前に、たすきは顔を赤らめつつも、「もう！」と人さし指をぴっと突き付けてきた。

「そのようなことをおっしゃっている場合ではございません！　まったく、ご自分のご準備だってございますのに、わたくしにばかりかまけていたせいで余計な時間がかかってしまったのですよ？　少しは反省なさいませ」

「う、それを言われると耳が痛いわ……」

「ほらごらんなさい」

「で、でもね、たすきさん。これは不可抗力だと思うの。だってたすきさんがあんまりにもかわいくて綺麗だから、余計にもっともっと素敵にしたくなってしまって！」

「まあ、わたくしに責任転嫁ですの？」

酷《ひど》いお方、と、たすきは大きな袖口を口元に持っていって瞳を伏せる。その楚々《そそ》とした所作についつい見惚《みほ》れてしまいつつも、タマは「そんなつもりじゃ……！」とわたわたと両手を振ってなんとかたすきの発言を訂正しようとする。

そんな風に慌てふためくタマの姿に、わざとらしく落ち込んだ表情を作っていたたすきの幼いかんばせが緩んだ。ふふっと噴き出した彼女は、年相応の愛らしい笑顔を浮かべる。

「冗談にございまする。お褒めにあずかり光栄ですわ。環姫様こそ、本当にお美しくていらっしゃる」

「……それこそ冗談でしょう？　いいの、馬子にも衣裳《いしょう》だって解っているから」

「わたくしはうそも冗談も好きませせぬ。すぎた謙遜《けんそん》は嫌味であると、わたくし、とってもよく存じ上げておりますわ」

むっと幼い柳眉《りゅうび》をひそめて唇を尖《とが》らせるたすきに、ようやくタマは、自身の姿を見つめ直してみる気になった。

たすきは、どうやらこの姿のタマのことをそれなりに美しいと認めてくれているらしい。それは嬉しいけれど、自信が持てるかどうかと言われればまた別の問題である。

基本はたすきと同じ、白い小袖に緋袴だ。

当代の環姫役として重ねた打掛は、慣例に倣《なら》った地色のものである。上に羽織った今年のものは、ささやかながらも気高く咲き誇る菫《すみれ》に通じる藍白色《あいじろ》。そしてその下に重ねているのは、寒椿《かんつばき》のような深く濃い紅色の打掛だ。

どちらもそれぞれ、亥神、そして子神《ねのかみ》が好む花々の刺繍が、おそろしいほど精緻かつ繊細にほどこされている。だからこそそれなり以上に重量があるのだが、タマにとってはいい加減慣れたものである。

こうして打掛を身にまとうたびに、毎年ミケは、「よく似合うぜ」となぜかぶっすりと不機嫌顔で褒めてくれた。

――今年は、きっと、褒めてもらえないわね。

何せ顔を合わせることすら叶《かな》っていないのだ。

年替わりの儀には裁彦役としてミケも出席することになっているが、その際にわざわざ今の彼がタマに声をかけてくれる姿は、どうにも想像できなかった。

たすきと同じく天冠と四季の花々を頭に乗せて、一年の中でもっとも着飾った姿だけれども、そんなことは関係がない。

ミケとの別れまで、残り約半月。

来月十五日をもって、タマは環姫役の名を返上し、この時不知山《ときしらぬやま》を下りる。

――やっぱり最後まで、仲直りできないままなのかしら?

それはとてもさびしくなる疑問だった。

どうしようもないことなのだと、仕方のないことだと。そうやって割り切るにはあまりにも胸が痛むさびしさは、そのままタマの、化粧で色づく顔に翳《かげ》りを落とす。

タマの憂い顔にすぐに気付いたたすきが、気遣わしげにこちらを見上げ、そうしてあえて「もう!」と気丈に声を張った。

「環姫様も裁彦様も、本当に意地っ張りでいらっしゃる。今のままお別れなさるのがよくないことだと、お互いに解っていらっしゃるくせに。それなのに、意地ばかり張って、もう、もうもうもうっ!」

行き場のない憤りにぷっくりとあどけなく頬を膨らませ、たすきが地団駄を踏む。

あらあら、と思わず笑うと、キッとにらみ付けられてしまった。

「笑っていらっしゃる場合ではございませぬ！」

「ふふ、ふ、ふふっ、ごめんなさい」

「謝る相手はわたくしではないでしょう！　……とはいえ、環姫様が裁彦様に謝らなくてはならないのかどうか、わたくしは存じ上げませんが……。環姫様が、というより、なんだか裁彦様が勝手におへそを曲げていらっしゃるようにしか見えないので、裁彦様こそが環姫様に謝られるべきかともわたくしは思っております」

「あら、そう？」

「はい」

「ううん、そうねぇ。私が謝ったとしても、ミケ様は余計におかんむりになられそうだし……でも、あの方はたすきさんの言う通り意地っ張りだから、私に自分から謝るなんて真似はならないだろうし、そもそも……私達って、喧嘩、しているのかしら？」

「今更おっしゃることですの、それは？」

心底呆れた、と言わんばかりに、たすきが半目になる。

冷え冷えとしたまなざしが胸に突き刺さるが、口に出してみて解ってしまったのだ。

本当に自分とミケは、いわゆる〝喧嘩〟をしている状態なのか、と。

あの日、そもそもミケの様子は、いつもとは異なるそれではなかったか。いいや、いつも通り、であったように思う。いつも通りにたわむれを彼は口にして、その『たわむれ』がタマにとってはどうしても耐えがたい『現実』だったから、だからタマは彼に怒鳴りつけてしまった。ミケに、こちらを傷付けようとする意図があったことには、なんとなく気付いている。けれどそうさせてしまったのは自分であって、ならばあの場はちゃんとその理由を聞いて、理由に納得できたならば謝って、そうして何もかも丸く収めるべきだったのだ。

――それをしなかったのも、できなかったのも、私。

となれば、なるほど。確かに今のタマとミケは、喧嘩中と言っていい状態なのだろう。

――今更だとしても、私が謝れば、すむ話、かもしれないわ。

いくら避けられているとはいえ、タマとて長らくこの御社ですごしているのだ。その気になればミケの居場所を探し当てることくらいできたはずだった。

けれどそれをしなかったのは、タマがそれでいいと思ったから。

――ああ、そうね。

――そういうこと、だったの。

ようやく自分の本心に気付き、タマはまた思わず笑ってしまった。

先ほどとは異なる趣の笑みであることに、敏《さと》いたすきはすぐに気付いてくれたらしい。戸惑いをその黒瞳《こくとう》ににじませてこちらを見つめてくる少女の手を、タマはそっと握った。

わけも解らないままに、それでもなおおずおずと握り返してくれるたすきがかわいいと思う。いとしいと思う。

だから、正直に打ち明けなくてはならないと思った。

「私、たすきさんに謝らなくちゃいけないことがあるの」

「あやま、る？」

「そう。私のことをたすきさんは見損なうだろうけれど、でも、ちゃんと伝えておきたくて」

「……今更でしょうに」

「ふふ、そうかも」

見損なうだなんて、と、ツン、とすまし顔になるたすきにきゅんと胸をときめかせつつ、タマはそっと唇を震わせた。

どこかで泣き出したくなっている自分がいることを感じている。けれどそれをたすきには悟らせないように懸命になりながら、タマは笑ってみせた。

「私はたすきさんに、環姫役としての私の持てるすべてを伝え、残していきたいと思っていたし、今でもそれは変わっていないわ。でもそれはきっと、たすきさんのためじゃない」

ぱちり、と、たすきの瞳がまばたく。それはどういう意味なのかと声なく問いかけてくる少女は、これからの十二年をどうすごすのだろう。

どうか健やかにあってほしいと願いながら、タマはとっておきの秘密を打ち明ける。

「そう、きっとね。たすきさんのためじゃなくて、私のためなの」

「環姫様の、ため？」

「ええ」

ぎゅう、と、繋《つな》いだ手を握り締める。

どうか、どうかと切なる祈りを込めて。どうか、どうかと、わがままな願いを込めて。

「ミケ様がタマと呼んでくださる私の何かを、たすきさんの中に残していけたら、たすきさんを通して、ミケ様がこれからも私のことを思い出してくださるんじゃないかって。そういうずるいことを考えていただけ」

ミケにとっては、タマは数ある環姫役の一人でしかないということくらい解っている。

彼にとってはきっと『たった十二年』だ。タマのことなんてすぐに忘れて、彼はたすきと新たな時を……新たな環姫役と、新たな時を紡いでいく。

それは当たり前のことで、どうしようもないことで、仕方のないことなのだ。

そんなことは解っている。解っているからこそ、タマはたすきに勝手に託そうとしたのだ。

自分のひとかけらが、たすきに、そしてたすきの後に続く新たな環姫役達に残せたならば、ミケがいつか『タマ』のことを思い出してくれるかもしれないと、勝手にそう思って。

なんでもないふりを装いたいのに、やっぱり駄目だ。声が震えてしまう。

それでもたすきが何も言わずに、真剣な表情で耳を傾けてくれているのをいいことに、タマは続ける。

「喧嘩別れもね、悪くないんじゃないかしら、なんて。少しだけ思っているの。だって、裁彦役様と喧嘩別れする環姫役なんて、きっと私くらいでしょう?」

ミケと笑顔でさよならできないのは、とてもさびしいことだ。彼が笑ってくれるから乗り越えられた十二年なのだから、その最後を彼の笑顔で飾ってもらえないのは悲しい。

でも、きっと……いいや、間違いなく彼は、今までの環姫役のことを、笑顔で見送ってきたに違いない。自分でも性格が悪いなぁと思うけれど、タマは先達の環姫役の方々とも、後進の少女達とも、同じになんてなりたくない。ミケにとっての『タマ』が、タマだけであったと、ミケに思ってほしい。

ミケは、環姫役の後顧の憂いになるなど願い下げだと思ってくれるひとだ。優しい、ひとだ。そんな彼に傷を残して去ろうとしている自分は本当に酷くて、醜い女に成長してしまったものだと思う。

謝ることはたやすいのに、あえてその選択から目を逸らして、タマはいなくなる。

――ざまを見てくださいね、ミケ様。

――だから、忘れてしまって、いいんですよ。

こんなにも酷くて醜い女のことなんて忘れて、どうかたすきのことを、これからの環姫役のことをいつくしんでほしい。彼がずっと、タマに手を差し伸べ続けてくれたように。

だからこそ。

「たすきさん、ミケ様のことをお願いね。あの方はとっても意地っ張りのくせに、同じくらいにとってもさみしがりやでいらっしゃるから」

そういう人だから、そばにいようと思った。そばにいたいと思ったのだ。けれどもう時間切れだから、タマはかつての誓いを破って、すべてをたすきに託していく。

たすきがもの言いたげに何度も唇を開けたり閉じたりを繰り返し、けれど結局何を言いたいのか解らなくなったらしく、むすっと唇を尖らせる。

「環姫様だって、意地っ張りでさみしがりやのくせに」

「そうね」

「わた、くし、だって。環姫様がいなくなるのは、さび、し……っ！」

「ええ、たすきさん。大好きよ。私は中津国《なかつくに》で、十二年後を楽しみに待っているわ」

たすきの瞳がうるむ。ああ、かわいい。いとおしい。先代の環姫役——その真名を明香《あすか》というタマの先輩も、タマに対してこんな思いを抱いてくれたのだろうか。

小さな身体を抱き締めると、遠慮がちに少女の細い腕が、タマの背に回される。

「……松の内が終わるまでは、一緒にいてくださるのでしょう？」

「もちろんよ」

「だったら、いいです。わたくし、ちゃんと、裁彦様のことを支えて、十二支の皆様に立派にお仕えしてみせますわ」

　ぎゅうと抱き締め合ったまま、ぐすっと鼻を鳴らすたすきに、タマは何度も頷き返した。

　そうして、互いににじんだ涙をぬぐい合って、タマはたすきを先に年替わりの儀が行われる舞台へと送り出し、さて、と次に挨拶《あいさつ》をすべき相手の元へと向かう。

　もちろんミケの元ではない。

　今夜の主役の一人である、十二支が一柱――亥神の元へだ。

　居室の上座に鷹揚《おうよう》に座す姿を前にして、タマは三つ指をついて頭を下げた。

「亥神様におかれましては、ひととせのお勤めを見事成し遂げられましたこと、当代環姫役として、中津国を代表して御礼とお祝いを申し上げまする」

「――応。はは、着飾った娘にねぎらわれるのは悪い気はせんな。ああ、まったく……そうだともよ、環姫。我にそのような口を利くのはお前だけだ」

　亥神の深い色の瞳が、確《しか》とこちらを捉えた。なぜだか奇妙な居心地の悪さを感じる。それをごまかすように、タマは袖口で口元を隠して笑ってみせた。

「ふふ、偉そうな口を叩くものだと怒ってくださって構いませんのに」

「俺が環姫に？　それこそまさかだ」

　くつくつと喉《のど》を鳴らして笑う男神の姿に、タマはゆるゆると、ようやく自身の緊張がほどかれていくのを感じた。

毎年、こうしてタマは、一年間の中津国の守護という役目を終えて去っていく十二支に挨拶を贈っている。これは先達に教えられた慣習の一つではなく、言ってしまえばタマの勝手な自己満足だ。なんの見返りも求めずに中津国で暮らす人々を見守ってくれる神への、ささやかすぎる謝礼の気持ちをめいっぱい込めて再び頭を下げる。

そうやって視線を下に落としているからこそ、タマは自身をじいと見つめる亥神の視線の意味に気付かないし気付けない。

「――美しくなったな」

「え?」

思ってもみなかった言葉だった。不意打ちにきょとんと瞳をまばたかせて顔を上げると、亥神が深い笑みをたたえてこちらを見つめている。

その笑みはいつもと変わらない、その態度や声音通りの鷹揚なものであるはずなのに、なぜだろう。ぞくり、と、得体の知れない悪寒が、タマの背筋を駆け抜けた。ほどけたはずの緊張が、居心地の悪さが、先ほどよりももっとずっと大きくなって襲い来る。

それは、いつか感じたものと同じもの。亥神にじいと見つめられるたびに、なぜだか不意に感じずにはいられなかった違和感。

――私、どうしたのかしら。

十二支の中でも気安い部類に入る彼に感じるべき感覚ではないはずだ。

それなのにどうして、と戸惑うタマを置き去りに、亥神は片手であごをさする。

「十二年前、先代の陰に隠れて泣きじゃくっていた小娘が。お前を見ていると、改めて時の流れというものはなんと美しいものかと素直に感服するものよ」

「こ、光栄ですが、その、十二年前のことは忘れていただけますと嬉しいです……！」

基本的に、十二支と環姫役は、一年限り、一度きりの交流だ。だが、十二年のひとめぐりの中で、〝最初〟を司る子神と〝最後〟を司る亥神においては話が異なる。この二柱の神々とは、たすき役として逢瀬《おうせ》が叶う例外が存在する。

だからこそ、亥神は十二年前、先代のたすき役であった時のタマの情けない姿のことを思い返しているのだろう。情けない姿であったという自覚が大いにあるので、できる限り当時のことはぜひとも忘れていただきたいところである。だが、亥神は、さも心外だと言いたげに瞳を瞠《みは》ってから、ふ、と吐息のような笑みをこぼした。

「忘れる？　我が？」

その声の低さに、また、ぞくりと。

ひゅ、と喉に何かが詰まるような悪寒に固まるタマに気付いているのかいないのか、亥神は続ける。

「裁彦ではあるまいに、我が環姫を忘れるだと？」

「っ！」

その時息を呑んだのは、まとう雰囲気が豹変《ひょうへん》した亥神に気圧《けお》されたからか、それとも彼の台詞《せりふ》に改めて事実を思い知らされたからか。

——やっぱり、ミケ様は、環姫役を……私のことを、忘れてしまわれるの？

解っていることだった。解っていたはずだった。

タマとは異なる時間を生きる彼が、いつまでも環姫役の誰も彼も覚えているはずがないことくらい、痛いくらいに理解しているつもりでいた。

それなのに。

ぽたん、と。タマの目の前の床に、水滴が落ちた。

もう泣かないと決めたはずだったのに、この期に及んでもなお、彼のことを、ミケを想《おも》うだけで涙はあふれる。止まらない。

「……環姫よ」

「も、申し訳ありません、亥神様。ちょっと、ちょっとだけ、目にごみが入ってしまって、だから」

すぐに泣きやみますから、とぎこちなくいびつに笑ってみせても、より一層涙がこぼれる。

強がりにしてももう少しうまい言い回しや表情があっただろうに、今の自分にはこれが限界で、そんな自分が情けなくて仕方ない。

——だから、ミケ様がいないと駄目だったの。

ことあるごとに「タマは俺がいないと駄目だねぇ」だなんてうそぶいてくれた彼は、もうこれからのタマの人生にはいないのだ。

ならばもういい加減覚悟を決めて、そういう人生を生きていかなくてはならない。

十二年後の約束だってたすきと交わしたのだから、だから、と、内心で意地になって自分に言い聞かせるタマの上に、ふと影が落ちる。

す、と音もなく亥神がタマの元まで歩み寄っていて、そのまま彼はためらうことなく目の前に片膝《かたひざ》をついてくれたのだ。

尊き神の一柱が、いくら環姫役であるとはいえ、ただの人間の小娘ごときの前で膝を折るなんて。

さっと顔色を変えるタマをどう思ったのか、彼の大きな手ががしりとタマのあごを掴《つか》み、上を向かせて、視線を絡め取る。

今までにない無遠慮な力に身動《みじろ》ぎしようにも、なぜか身体は凍り付いたように動かない。

「決めた。やはりお前だ。お前にしよう。お前がいい」

「え、ええと、あ、の……？」

亥神様？　と。そう問いかけるつもりだった。けれど、言葉は声にならない。深く深く笑みを浮かべた亥神を前にして、声が出てこない。

あ、と、吐息だけをこぼしたタマのあごを固定したまま、信じられないほど満足げに、亥神はわらう。

「美しき時の流れを身に宿す娘、美しき円環を描き神と人を結ぶ姫よ。その美しき珠のしずくを、これからは我のためだけに手向《たむ》けておくれ」


ぽたん、と。涙がこぼれて、亥神の手に落ちて。

そうしてそのまま、タマの意識は闇《やみ》に呑《の》まれた。

みけさま、と、呟いた声は、誰にも聞き拾われることなく、何もかもが暗い淵に消えた。


――――そうして、最初に感じたのはぞっとするような冷たさだった。


冷たい、と、かすみがかった思考の中、タマは他人事《ひとごと》のように繰り返しそう思った。

冷たくて、寒くて、凍えてしまいそうだ。

ここはどこだろう、と、ぼんやりと考えて、すぐに答えは出た。ここは時不知山だ。幼い頃《ころ》から身に染みついたこの清らかな空気を、どうして忘れられるだろうか。

時不知山に四季はない。あらゆる季節の移ろいが閉じ込められた神域は、時にうだるような暑さを、時に凍り付くような寒さを、御社へともたらした。

――ミケ様。

夏のような暑さにはともに川遊びに興じ、冬のような寒さにはともに雪遊びに興じた。何もかもが大切な思い出だ。

――タマは俺がいないと……。

あんなにも悔しくて、あんなにも嬉しかった彼の言葉の続きが、なぜか思い出せない。どんな表情で、どんな声音で、どんな想いを込めて彼があの台詞を言ってくれたのか、今のタマには不思議とちっとも思い出せないのだ。

――ミケ様。

――ミケ様。

――私は、あなたに。

――私は、あなたと。

きっと伝えたい言葉があった。きっと叶えたい誓いがあった。

けれどもう何一つ彼に届けることが叶わないような気がしてならない。

それはとても、さびしいことだ。ああやはり、自分が謝ればよかったのか。でも理由も解らないままに謝っても、何の解決にもならないこともまた解っていた。

でも、それでも、今どうしようもなくミケに会いたい。何もかもが冷たくて寒くて凍り付いてしまいそうだけれど、彼の顔を見たら、それだけで身も心も何もかもあたたかくなれるに違いないという確信があったから。

それからようやくタマは、自身が目を閉じているのだということに気付く。にかわで貼り付けたようにまぶたが動かせない。いいや、まぶたばかりか、指先、つま先にいたるまで、どれだけ動かそうとしてもぴくりともしない。

まさか本当に自分は凍り付いてしまったのか。そんな恐ろしい想像が脳裏をよぎり、身体が余計にがちがちに強張《こわば》る。

——ど、どうしよう⁉

いったい何がどうなっているのか。

全力でなんとか身体のどこかを少しでも動かそうとしていると、不意に額に、あたたかなぬくもりが触れた。いっそ熱いくらいのそのぬくもりが、タマの髪をそっと梳《す》いてくれたのを感じて、は、と吐息をもらす。

まさか。もしかして。

そんな淡い期待を抱きながら、ようやくまぶたを持ち上げる。

「ミケ、様?」

優しく撫でてくれるこの手の持ち主が、どうか彼であってほしかった。けれど。

「すまんな、環姫よ。裁彦ではなく、我だ」

「……いの、かみ、さま……?」

その名を口にしたタマの声音に、あきらかな落胆がにじんでいることに亥神は気付いたのだろう。精悍《せいかん》な顔立ちに苦笑を浮かべて、彼はタマの髪をさらりと梳いてくれた。

そこまでされてようやく、タマは自分が彼に抱きかかえられていることに気付く。

ぱち、ぱち、と数度まばたきをして、改めて間近にある亥神の顔を見上げる。彼は苦笑をいつもの鷹揚な笑みへと変えて、「どうした？」と首を傾《かし》げ返してきた。

——『どうした』、って。

——私、どうしたのかしら。

ぼんやりと定まらない思考をかき集め、タマは「ええと」と視線をさまよわせた。年替わりの儀を前にして、確か、亥神に最後の挨拶をした、はずだ。

「亥神様、これはどういうことでしょうか。年替わりの儀は……？　もう日が沈んでいるなんて、今は何時で、そもそもここはどこなのでしょう？　私はいったい……っ」

思いつくままに疑問を口にしながら、タマは亥神に抱えられたまま周囲を見回した。

見上げた空はすっかり夜のとばりが落ちていて、信じられないほど大きな月が皓々《こうこう》と輝き、数えきれないほどの星々がきらきらとさんざめいている。そんな場合などでは決してないと解っていながらも、ほう、と、思わず溜息を吐き出したくなるような美しさだ。

季節も時間も問わずに灯《とも》され続ける常夜燈《じょうやとう》により、御社はいつだって明るくその存在を夜闇に浮かび上がらせているはずだ。

けれどここにはその常夜燈はなく、かわりに数えきれないほどの――そう、『八百万《やおよろず》』と数えられる大小さまざまな鳥居が周囲に立ち並ぶ。

月影と星明かりに浮かび上がるあまたの鳥居に囲まれ、亥神の腕に抱かれながら、まさか、とタマは唇をわななかせた。

その声なき呟《つぶや》きに、亥神は笑って頷く。

鷹揚でありながらも、寛容ではない、どこか残酷さすら感じさせる笑み。

「察しの通りだ。ここは時不知山が山頂、高天原《たかまがはら》へと続く鳥居が集う地よ。我ら神々は、己がための鳥居を用いて高天原と中津国を行き来すると、環姫も知っているだろう？」

「は、はい。もちろん存じ上げておりますが」

時不知山は中津国において、高天原にもっとも近い地だ。だからこそ侵されがたき神域とされ、その山頂には、あらゆる神々を迎え、あるいは送るための鳥居が数えきれないほどに建立されている。その数は今後も、増えることはあれど減ることはないだろう。時不知山における鳥居は、言ってしまえば、神々のためだけの通用門と呼ぶのがふさわしい。

そんなことはわざわざ今更確認されずとも、一般常識としてタマは理解しているつもりだ。

だからこそ余計に解らない。

どうして自分が、よりにもよって年替わりの儀が行われる大晦日の夜に、亥神によってこの場に連れてこられたのか。

ぞわり、と。

また得体の知れない悪寒が背筋を駆け抜けていく。反射的にぶるりと身体が震えた。

その震えを寒いからこそなのだと受け取ったらしい亥神は、「少し我慢してくれ」とタマを寒さから守るように抱き直してくれる。不快ではないけれど、不可解ではあった。

どうして、だとか、何を、だとか、そんな風に問いかけることはたやすいことであるはずなのに言葉がどうにも出てこない。

亥神はそのタマの沈黙を気にした様子はなく、どこか誇らしげな様子で、自らの背後を振り仰いだ。

「そら、見るがいい。これが我のための鳥居だ」

彼が示したのは、このあまたの鳥居が立ち並ぶ一帯においても、ひときわ大きな鳥居だ。石造りのそれの表面に施されているのは、亥神を象徴する植物である、桐《きり》、枇杷《びわ》、石蕗《つわぶき》。タマが羽織っている二枚の打掛のうち、上に重ねた藍白色のそれの柄と同じもの。

そしてそれらの中を駆けるは雄々《おお》しき猪《いのしし》だ。

天へと駆ける猪は、魔を退け福を招き、子孫の繁栄を約束してくれるという。

着彩されているわけでもないというのに、夜闇の中でもなお不思議と鮮やかなこの鳥居は、亥神のために十二年に一度用いられるものである。年替わりの儀が執り行われれば、今夜亥神が、この鳥居を通って高天原へと帰還することになる。

そのはず、なのに。

「亥神様、早く御社に帰りましょう？　たすきさんがきっと心配して待って……」

「――――帰る？」

タマの言葉に、亥神の瞳がすがめられた。

鷹揚な笑みはそのままに、その時彼の瞳に宿ったのは、確かに冷酷な光だった。

もしかしてもしかしなくても、言ってはいけないことを口にしてしまったのか。

タマとしては当たり前のことを言っただけのつもりだった。亥神にとっても、当然のことであるはずではないか。

それなのに彼は、タマが身動きできないように一切の抵抗を封じてこちらを抱き込み、顔を覗き込んでくる。

「そうしてお前を、裁彦にくれてやれと？」

「え……？」

どうしてここでミケが出てくるのか。

戸惑いに首を傾げれば、くつくつと亥神は喉を鳴らして「解らんか」とささやく。

「なあ、環姫よ。〝環姫役〟とはなんだろうな？」

「え、ええと、その、環姫役とは、十二支様のお世話役……です、よね？」

中津国を見守る役目を十二支が背負うのならば、そのそばで世話役を担うのが環姫役であり、守護役を担うのが裁彦役だ。

ただの確認にしてはあまりにも今更すぎる問いかけに、逆に不思議になって問い返すと、亥神はしたり、とばかりに頷きを返してくる。

「はは、そうだな。確かにその側面もある。十二年に一度、ひととせを御社ですごす十二支のために、我らが大御神《おおみかみ》様がご用意くださったなぐさめだ」

ほら、やっぱり。

亥神がごもっともだとでも言いたげに再度深く頷くのを見届けて、自分が間違っているわけではなさそうだということにほっとする。

けれど、そうしていつまでも安堵《あんど》してはいられなかった。タマを抱く亥神の腕がより強くなり、思わず彼の顔を見上げれば、彼はもう笑ってはいなかった。

驚くほど切ない、ぎゅうと胸が締め付けられるような、今までの彼からは考えられないような表情が、そこにあった。

「だが、環姫役の本質は、本来別のところにある」

「別の、ところ?」

「ああ。環姫役に選ばれるのは人間の娘だ。大御神様のご託宣《たくせん》により選び出された娘こそがたすき役、そして環姫役となるが……まさか環姫よ、お前は自身を含めた〝環姫役〟を、大御神様が気まぐれに選んでいるだけだと思っているのか?」

「え、と」

なんだか、「その通りです、大御神様が適当に選んでいらっしゃると思っていました！」と馬鹿《ばか》正直に言ってはいけなさそうな雰囲気である。

結果、言葉を濁してそっと視線を逸らすしかない。

亥神はそんなタマに対し、呆れるそぶりもなく、納得したとばかりに「まあそう思うだろうな」とあっさりと肯定した。

そしてその上で、「だが」とさらに言葉を重ねる。

「それこそまさかだ。環姫役とは、すべてを見通しすべてを成せるとされる大御神様すらその御手に持たざる、〝月読《つくよみ》〟の力を宿す娘こそが選ばれるのだ」

「ツクヨミ？」

「ああ」

亥神がさらりと口にした単語は、耳に馴染《なじ》みのないそれだ。

自然と首を傾げれば、そんなタマの内面を、魂の奥底を見通そうとするかのように、じいと亥神が見つめてくる。

あまりにもまっすぐで、あまりにも切なく狂おしげな光を宿した瞳。そのいびつな光こそが、今までタマが感じてきた違和感そのものなのだと、ようやく気付く。

なすすべもなく気圧されて口をつぐめば、彼は構うことなく歌うように続ける。

「環姫役の本質こそ、我ら高天原の神々が求めてやまぬ〝月読〟のものよ。月読、すなわち月を読むとは、暦や月齢を数え、ひいては時の流れそのものを司ることに通じる。解るか、環姫よ。〝環姫役〟とは、肉体こそ人の身にすぎぬが、その魂には我らと同じ神の領分に属する月の加護のかけらが宿るのだ」

「……！」

知らない。そんな途方もない力が自分の中に宿っているだなんて、考えたこともない。

——私の中に、神様の力が？

にわかには信じがたい事実だった。

いくら亥神が真実を述べているのだと解っていても、それでもなお「そんなまさか」という思いが胸を占める。どれだけ途方もない力が自身に宿っていたとしても、今までそれを実感したことなんて一度もない。

けれど亥神はうそや冗談を言っているようにはまったく見えなくて、だからこそなおさら彼の言葉が真実であるのだということを思い知らされる。

「環姫役は、高天原には存在しない〝月読〟としての力を……つまり、〝時の流れ〟を、中津国へと導くことにある。高天原にて時の流れを宿さず老いを知らずに世界を統《す》べられる大御神様とは対極の力として〝月読〟は存在し、その力はいくつものかけらとなって、人の娘に宿り、流転を繰り返すのだ」

何かを成すまでもなく、ただこの御社に存在しているだけで、環姫役は〝月読〟としての役目をはたしているのだと、亥神は続けた。

「だからこそ、環姫役とは〝環姫〟なのだろう。我ら十二支が十二年をかけてひとめぐりする時の流れ、その円環の名を冠する姫よ。環姫役は本人がそうと知らずとも、旧《ふる》き年から新しき年へと移り変わる年替わりの儀の際に、中津国の時の流れすべてを受け止め、旧年の十二支から新年の十二支へと〝時の流れ〟を受け渡す。それこそが、本来の環姫役の役目だ」

「だ、だったら、なおさら早く御社に……年替わりの儀の舞台に戻らなくては……！　あの月の高さ、もうすぐ零時を迎えようとしている頃合いでしょう？　このままここにいたら、儀式が執り行えません！」

そうだ。亥神の話に聞き入ってしまったが、今はそんな悠長にしている場合ではない。

彼の話が真実であるのならばなおさら年替わりの儀には環姫役であるタマ自身が必要とされるし、たとえ偽りであったとしても、慣例に倣って奉納舞を舞って亥神を送り、子神を迎えるのが環姫役としてのタマの役目だ。

それなのに。

「年替わりの儀が執り行われれば、我は高天原に帰ることとなる。環姫よ、お前は惜しんではくれないのか？」

「……え？」

「我はいつだって悲しかった。悔しかった。さびしかった。我ら神々は永遠の時を生きる者、ゆえに時の流れは我らの元には訪れない。我らに時の流れの美しさを教えてくれるのは、環姫、お前だけだった」

だから、と、亥神の手が、タマの頬に触れる。

存在を確かめるかのように彼はそっと頬を撫でて、そうしてひとたび唇をきつくかんでから、歪《ゆが》んだ笑みを浮かべた。

「我は見送られる側でありながら、同時に見送る側でもある。役目を終えた環姫役は、皆我を置いていく。なあ環姫よ、どうして我がそんな苦しみに耐えねばならんのだ？」

ぎち、と、頬に亥神の指が食い込んだ。

ひゅっと息を呑むタマのことなど構わずに、彼は常々タマがどんぐりのようだと思っていたつやめく瞳に底知れない闇を、孤独を宿して、低く喉を鳴らす。

「耐えがたきを耐え、見送るばかりにはもう飽いた。もうたくさんだ。なあ環姫よ、我を選べ。我がお前を選んだように、お前も我を選ぶのだ。そしてともにこのまま高天原へと昇ろうぞ。さすれば我は、お前に久遠の破顔を約束しよう」

亥神の口調は、もはや提案ではなく、命令を意味するそれだった。

いくら鷹揚で気安い性質の持ち主であろうとも、彼もまた尊き神の一柱。環姫役とはいえその気性は只人にすぎないタマとは根本から存在のあり方が違う。

彼はその口でタマに久遠の破顔を――永遠に笑い合える未来をくれるという。

けれど、違う。彼のその、『与える』とうそぶく口ぶりに惑わされ、亥神の手を取ってしまったらどうなるのか、否が応でも気付いてしまった。亥神は、神であるからこそ許された傲《ごう》慢《まん》さで、笑みを浮かべながら、タマからありとあらゆるものを奪い去ろうとしているのだ。

全身が震えるのは恐怖にも似た畏《おそ》れゆえだ。動けない。視線を外すことすら叶わない。亥神のことを受け入れてはいけないのだと痛いほど理解できるのに、身体が言うことを聞かなくて、徐々に近付いてくる彼の精悍なかんばせを、その唇を、ただ待つことしかできない自分があまりにももどかしい。

――ミケ様……！

そうしてこんな時になってもなお……いいや、こんな時だからこそ、呼びたくなる名前は、駆けつけてほしい面影は、たった一つ、たった一人。

タマの世界でいっとう美しい存在は、この唇を捧げたいと思うたった一人のひとは、いつだって……！

――――ぢりりりりりりりりりりりりりり！

その時、タマの手首から、すさまじい音が響き渡った。

あきらかな警鐘である。

そう、夜のしじまを大きく震わせるのは、タマが『彼』から受け取ってからというもの、自身の手首をずっと飾り続けてくれた鈴。『彼』が……ミケが、お守りだと言って授けてくれた鈴だった。

次の瞬間、ひゅんっ！　と何かが空気を切る音がして、タマと亥神の、気付けばほんのわずかになっていた互いの唇の間を駆け抜けていった。

それはそのままビィン、と名もなき小さな鳥居の柱へと突き刺さる。

反射的にタマから身を離して亥神が身構えたことで、タマはようやく彼の腕から解放された。

冷え切り強張った身体がぐらりと傾ぐ。

けれどそのまま無様に地面に倒れ込む前に、タマの身体は軽々と亥神のものではない腕によって抱え上げられた。

「タマ、大丈夫かえ？」

「ミケ、様」

「おうよ、ミケ様だぜ。タマ、お前さんのミケ様さ。待たせてすまなかったねぇ」

「〜〜〜っ！」

タマのことを抱き上げて、ミケは笑った。それはいつもと同じ、タマのよく知る、いたずらげで優しげで、何よりもやわらかな笑みだったから、涙が一気に込み上げてくるのを感じる。

けれどその涙を彼に見せるのはどうにも悔しかったから、タマはぐっと唇をかんで、自らを抱き上げてくれている彼の胸に顔を寄せて、ミケの視線から逃れようとした。

こちらの下手《へた》すぎる、抵抗とも呼べない強がりにくくっと喉を鳴らしたミケが、タマを片腕に抱き直して、空いたもう一方の手をすっと前方へと差し出した。

ちょいちょい、と手招くと同時に、先ほど小さな鳥居に突き刺さった煙管《キセル》が、意思を持ったかのように柱から抜けて、宙を切って再びミケの手に収まる。

そうして、ぷか、と、煙管をふかしたミケは、タマを下ろしてからその頭を撫で、その場から微動だにしていない亥神を笑顔で見つめた。

「よぉもやってくれたもんさねぇ、亥神よ」

笑みを含んだ声音だ。けれどなぜだろう。その声は、タマが今まで聞いたどんな声よりも恐ろしいもののように思えてならない。

ひえ、と反射的に身を竦ませるタマを、有無を言わさず片腕で自らの胸元へ引き寄せたミケは、にぃ、と口角をつり上げる。そのかんばせを見上げたタマはさらにひえとおののいた。

――ミ、ミケ様、これ、めちゃくちゃにお怒りになってる……!?

そう、ミケの金色の瞳に浮かぶ三日月は、今はまんまるの望月となっていた。

完全に開き切った瞳孔《どうこう》に宿る圧倒的な怒りに、ただでさえ静かだった夜闇はますます静まり返り、何もかもが息をひそめている。

ふううううう、と。ミケは長く煙管から吸った煙を吐き出した。

夜闇の中でも不思議ときらめくような光沢を放ってたなびく煙は、風にさらわれることもなくミケの足元に降り積もり、そのままあまたの猫の姿を形作る。

——なぁう。

——なああああう。

——ふなああああああああお。

——あぉおあお。

——にぃぁぁぁあああ。

それは、ともに時不知山から鳥居前町へ降りて、かどわかしに遭った際にも聞いた鳴き声だ。

猫。猫。猫。

数えきれないほどの猫がミケを中心に侍《はべ》り、タマを守るように身構えて、亥神のことをねめつけている。

「亥神よ。栄えある十二支の一柱でありながら、環姫役に手を伸ばしたその罪、ここで贖《あがな》ってもらおうかえ」

タマのことを片腕に抱くミケを嘲笑《あざわら》うように見つめ、亥神は肩を竦めてみせた。

「は、贖うとは何のことだ？　十二支に選ばれなかった猫神風情が、何の権利があって我を裁こうというのだ」

彼がさらりと告げたその台詞に、タマはぎくりとまた身体が強張るのを感じた。

——ミケ様が、神様？

——十二支に選ばれなかった、猫の、神様。

ミケが只人ではないことくらい、理解していたつもりだった。けれど他人の口から改めてその事実が提示されたことで、理解はしていても納得はしていなかった自分を思い知る。

猫神。神の一柱。

それがミケであるというのならば、やはり彼はタマとは異なる時間を、異なる世界を生きる存在なのだ。

そんな場合ではないというのに、ぐしゃりと胸がひしゃげるような痛みに拳《こぶし》を握り締める。

——ミケ様。

ああでも、こんなにも胸が痛いのに、それでもタマはミケから離れられない。

その顔を改めて見上げれば、ミケは困ったように苦笑する。「安心しぃ」とささやいてくれた彼は、また笑みを氷のように冷たいそれへと戻して、亥神へと視線を向ける。

「権利、ねぇ。なんだ、亥神よ。貴様、まだ気付いておらんかったんか？　まあ他の奴《やつ》らも似たようなもんだと思えば、これもまた仕方なしよ。よしよし、ならばこのミケ様が教えてしんぜよう」

「……何の話だ」

「何の話も何も。俺の話に決まっとるやろ。お前が訊《き》いてきたんじゃないかえ」

けらけらと笑ったミケは、その手の煙管をひょいと宙へと放り投げた。


「玉桂《たまかつら》、出ませい」


くるくるくるり。

綺麗な円を描いて宙を回った煙管は、一拍ののちに、一振りの刀へとその姿を変える。

それを確と掴み取って、嫣然《えんぜん》と、酷薄に、ミケはさらに笑みを深めた。

「俺の本性は貴様の言う通り猫神よ。十二支に数えられぬ落ちこぼれさ。だがなぁ、亥神、よく聞くがいい。俺が選ばれなかったその理由こそ、俺が〝裁彦役〟たるゆえんであると」

朗々と歌うように言葉を紡ぐミケとは対照的に、周囲の猫達が一斉に鳴くのをやめた。

主人の口上を邪魔する無粋を避けた猫達を満足げに見回したのは、人に非《あら》ざる美貌《びぼう》の青年。

彼は、まるで三日月のようににんまりと口角をつり上げている。

「俺の神としての力の本質は『断絶』。〝裁彦役〟とはよく言ったものさね。その名の通り、俺は神ならば本来誰しもがその性に宿す『継続』ではなく、『断絶』、ひいては『終焉《しゅうえん》』を司る。だからこそ俺は裁彦よ」

夜のしじまに響き渡る声に、誰《だれ》も口を挟まない。挟めない。それをいいことに、異端の神であるのだという青年は続ける。

「裁彦役の役目は二つ。一つは知っての通り、穢《けが》れを祓《はら》う月次《つきなめ》の儀の執行。そしてもう一つは」

ひゅん、と刀が宙を切る。その切っ先が向かう先は、間違いなく亥神の喉笛。

「十二支の守護役だろうって？　は、とんでもないこった。俺がこの手で、この力で守るは、無力で強大な環姫役さね。だからこそ、大御神の命により、俺は環姫役に害する存在となった十二支を裁くことが許されているのよ。ここまで言えばもう解るかえ、亥神」

ミケがタマを猫達に任せて、一歩前に出た。

月の光を集めて打ち付けたかのような、金色の刀身が、まばゆく輝く。

――なんて、綺麗なのかしら。

状況も忘れて刀を構えるミケの姿に見入るタマとは裏腹に、亥神は苦虫をかみ潰《つぶ》したような顔でミケのことをにらみ付ける。そうして、がちり、と歯をかみ鳴らした彼は、懐から愛用の扇を取り出した。

「――だから、何だと言うのだ」

ぐるん、と、亥神の手の中で扇が旋回する。扇は、瞬く間にその姿を、彼の身の丈ほどはあろうかと思われる長い棍《こん》へと変えた。

黒檀《こくたん》のつやめきを宿したそれを構え、亥神は力強く地を蹴《け》り、一直線にミケの元へと駆けた。

「破！」

大きく声を上げた亥神の一振りを、ミケは笑みをたたえてやすやすと受け止める。

そのまま高く跳んだミケの刀と、亥神の棍が、高らかな音を立ててぶつかり合った。

まるで雷鳴のようだ。二柱の男神が、縦横無尽に闇夜を駆け、互いを屠《ほふ》らんと宙を舞う。

「ミケ様、亥神様っ！」

タマが止めようにも、彼らは止まらない。手を伸ばそうにも届かない。それでもなおと足を踏み出したこちらを、亥神の瞳が一瞥《いちべつ》する。手出しは無用だと断じる瞳にひゅっと息を呑めば、なおも刀を振るいながらミケが不快げに鼻を鳴らした。

「嫌だねぇ。手前のわがままを、無垢《むく》なる環姫役に押し付けるでないよ」

「……よりにもよってお前が、それを言うのか？」

互いの獲物がぶつかり合うたびに、ちかちかと火花が散る。空気を切り裂く高らかな音とは裏腹な、地を這《は》うような亥神の問いを、ミケは今度は鼻で笑った。

「ああ言うとも、俺だからこそ許されるのよ。まあ気持ちは解らんでもないがねぇ……そう、ないんだがしかし」

ぎちぎちと刀と棍がつば競り合う。純粋な腕力だけで言えば、亥神に軍配が上がるかに思えた。だが、ミケはやはり笑っている。笑って、嗤《わら》って、謡うように朗々と言葉を紡ぐ。

「貴様が手を伸ばしたんは、俺のタマであるがゆえ。悪いなぁ、亥神。だからこそ貴様にはもう、環姫役が……タマが紡ぐ未来は、何一つくれてやれへんよ」

――――斬ッ！

ミケが大きく薙《な》いだ刀が、いよいよ亥神の棍を打ち据える。ぱあん、と、驚くほど鮮やかに、棍は跡形もなく砕け散った。

月影、そして星明かりにきらめく砂のような黒檀の破片。舞い遊ぶそれらを全身に浴びて闇に浮かび上がるミケの姿に、タマは見惚れずにはいられなかった。

そんなタマに手を伸ばそうとした亥神の喉笛に、ミケの刀の切っ先が突き付けられる。

亥神のかんばせが歪んだ。勝ち目がないといよいよ悟ったらしい彼は、逃げようとしたようだった。着流しのすそをひるがえし、その足で自身の鳥居に飛び込もうとしたかに見えた。けれど彼の前にはもう何匹もの猫が回り込んでいて、もう後にも先にも引くことは叶わない。

「――――ここまでか。うむ、仕方があるまい」

そして彼は、ドカッと勢いよくその場に座り込んであぐらをかいた。

逃げも隠れもしない、とその姿は言葉よりもよほど雄弁に彼の心境を物語っている。

驚くほどあっさりと覚悟を決めてしまった様子の亥神に、ミケは拍子抜けしたように瞳をまばたかせてから、小さく舌打ちをした。

「なんだ、つまらん。命乞《いのちご》いでもしてくれたらまだかわいげがあるというに、本当に貴様はいちいち癪《しゃく》に障るねぇ」

「はは、それは光栄なことだ。お前を喜ばせずにすんで何よりだとも」

軽口を叩き合っていながらも、ミケと亥神の間に横たわる空気は、確かな殺気と殺意で構成されていた。

ミケは本当にこの場で亥神を裁く……殺す、つもりで。

そして亥神は、それを致し方なしと受け入れていて。

ただタマだけが、そのやりとりを受け入れられずに、顔を青ざめさせている。

そんな自分が情けなくて仕方ないのに、こちらの様子に気付いた二人は、まるっきりいつもと同じ笑顔をそれぞれ向けてくるのだ。

「タマ、怖いのなら目を閉じとき。大丈夫、すぐ終わるさね」

「すまなかったな、環姫。お前の記憶にこういう男がいたということを、刻み付けていけるのは僥倖《ぎょうこう》だ」

「……それを俺が許すとお思いかね？」

「なんだ、まさか環姫の魂に干渉するつもりか？　ははは、それは結構なことだな。お前がその手段を取った時点で、お前の〝タマ〟は永遠にいなくなるのだと、誰よりもお前自身が理解しているだろうに」

「その口、いい加減閉じてもらおうかえ」

「図星か」

「うるさい。ああああもう、黙れ、黙れよ。俺は裁彦役、環姫役を守る者。主命により、いざ亥神の命を断ち切らん――……」

金色の刀身が高く掲げられて、月と星の光を弾いて、きらきらと光が舞う。

そしてタマは、刀を振り下ろそうとするミケの腕に、ためらうことなく飛びついた。

ほとんど全力でぶつかっていくような勢いに、さすがのミケも押し負けて、驚いたようにタマのことを見下ろしてくる。

その顔を見上げて、タマは涙を瞳にめいっぱいたたえながら叫んだ。

「だめ、駄目です！　ミケ様、それはなりません!!」

その制止の声は、もはや悲鳴そのものだった。

身体を震わせながらミケの腕にしがみつき、駄目です、駄目なんです、と繰り返す。

そんなこちらを見下ろすミケの瞳に、隠し切れない苛立《いらだ》ちが宿った。

「何が、駄目かえ？」

また、低い声だ。

あふれ出る激情を無理やり抑え込んだ声音で、ミケはタマに問いかける。

「何が、どこが駄目なんや？　お前さんの存在そのものを奪おうとした奴を庇《かば》う道理がどこにある？　それともほだされたんか？　ああなるほど、実はこいつとともに高天原へと昇りたかったか。なるほど、そりゃあ俺としたことが、無粋なことをしちまったもんだねぇ」

「違います！　何の話をなさっているのですか！」

「だってお前さんが……」

「だっても何もありません！　わた、私は、亥神様とは何もございません！　そうでしょう、何もされてないのですから、ミケ様が亥神様を裁かれる必要なんてないんです！」

「っそうやって、こいつを庇うんか、お前さんは？」

「〜〜〜もう！　そういう意味じゃないです！　庇うも何もなく事実です事実！　私、私が行きたい場所は高天原ではないし、そばにいたいと願うお方だって、亥神様ではなくて、わたし、わた、私は……っ」

それ以上は言葉にできなかった。勢いに任せたとしても、言ってはいけないことだと解っていたから。だからこそぎゅ、と唇をいったんかみ締めてから、タマはきっとミケを見上げた。

ミケがこちらのまなざしを受けて口をつぐむ。それをいいことに、タマは「だから」と、ミケを押しのけて、唖然《あぜん》と固まっている亥神の前へと歩み出た。

彼の前に膝をつき、これ以上ないほど深々と頭を下げる。

「申し訳ありません、亥神様。そういうこと、なのです。ですので、亥神様と高天原へ参ることはできません」

ごめんなさい、と最後にしっかり付け足して、そしてミケのことを振り仰ぐ。

「というわけでミケ様。亥神様のお話はきっちりお断りさせていただいたので、この話はもうここでおしまいです」

「……いやタマ、お前さん、そりゃあないいんじゃないかね？」

「ないことはないです。ありです」

「…………そうかい」

「はい」

一切の迷いなく真正面から頷きを返せば、ミケは眉間《みけん》に深くしわを刻んだ。

それを自らの指先でぐいぐいと伸ばしながら、はあ、と彼は深い溜息を吐き出した。

――これも私のわがまま、なんだもの。

――呆れられても当然だわ。

――でも、それでも。

それでもなお、タマのためにミケがその手を汚す必要なんてどこにもないと思うのだ。だから、こればかりは、彼に何を言われようと、どんな顔をされようと、絶対に譲れない。

お願いします、という気持ちを込めて彼を見上げ続ける。

ミケはこれ以上なく不機嫌そうだ。それでもなおその顔を見つめ続ければ、やがて彼は再び溜息を吐いた。先ほどの溜息とはどこか種類の異なる、諦《あきら》めと呆れがにじむそれ。

「俺の玉桂を、俺の意思とは別のところで収めさせる不遜《ふそん》な真似《まね》をする娘なんざ、本当にお前さんくらいだぜ」

その言葉とともに、ミケはくるりと刀を回した。輝ける刀身は再び煙管へと姿を変え、それを懐にしまったミケは、しゃがみ込んだままのタマをひょいと抱き上げる。

不意打ちにひえっと声を上げるタマの顔を間近から覗き込み、彼はいかにも仕方がなさそうに苦笑した。

「お前さんがお前さんでなかったら、問答無用で亥神のことなんざ斬り捨ててたんになぁ。それなのにタマ、お前さんがお前さんなもんだから、ミケ様はその願いを叶えてやらずにはいられないんだぜ？　ああもう、つくづく厄介な娘御よ」

「ええええと、それ、褒めてくださってます……？」

「これ以上なく褒めているさね。せいぜい誇りに思えよ、タマ」

「はあ……」

あまり褒められているようには聞こえなかったのだが、ミケが不思議と嬉しそうにしているものだから、タマはそれ以上言及するのをやめた。

そんなタマを抱いたまま、ミケはタマに向けるまなざしと一変した冷たいそれを、地面の上にいまだに座り込んでいる亥神へと向ける。

「…………ってことになったがね、どうする、亥神よ？」

まだ続けるつもりならば、それはそれでこちらに考えがある、とでも言いたげな様子で、ミケは亥神に問いかけた。

　亥神はタマとミケのやりとりを唖然として見つめるばかりであったが、やがてそのどうにも間抜けな表情が、くしゃりと崩れる。

　くつくつと喉を鳴らし始めた彼の笑い声は、続けて爆笑と呼ばれるべきそれへと変わる。

　笑いすぎて引き笑いになり、腹を抱え、まなじりに涙すら浮かべながらもなお笑い続ける亥神が、タマはそろそろ心配になってきたし、ミケは心底呆れた様子で半目になっている。

　そしてようやくその笑いを収めた亥神は、はあ、と一つ溜息を吐いた。

「フラれたならば、仕方があるまい。大人《おとな》しく我は一人で高天原へと帰るとしよう」

「最初からそう言っとけばよかったんよ。手間をかけさせやがって」

「もう、ミケ様、またそんなことを…………って」

「ん？」

「どうした、環姫」

「……年替わりの儀の時刻まで、後少しじゃないですか!!」

　今度こそ悲鳴を上げたタマに、ミケと亥神は「「あ」」と声をそろえた。

　かくして一行は、それ以上現状に言及する暇もなく、急ぎたすきが待つ年替わりの儀のための舞台まで、下山することとなったのだった。

第五章　ゆびきりげんまん

時不知山《ときしらぬやま》に座す御社において、もっとも神聖なる場所とされるのが、一年に一度年替わりの儀が執り行われる舞台である。

舞台、と言っても、わざわざ一から十まで人の手で造り上げられたものではない。御社の最奥、時不知山の山頂へと通じる参道の一番手前に、巨大な平たい岩が横たわる。

その岩こそが、年替わりの儀のための舞台とされている。

ミケと亥神《いのかみ》とともに舞台へと急いだタマは、既に舞台の隅で一人で待機していたたすきに、涙まじりになじられることになった。

何があったのですか、どれだけ心配したことか。もう間に合わないかと思ったではないですか。

そうしゃくり上げられながらも抱きつかれ、タマは胸が潰《つぶ》れるような痛みを覚えたものだ。

最終的に亥神が全面的に自らの非を認め、たすきに謝罪したことで、たすきは全容は解らないものの何か察するものがあったらしい。最終的に間に合ったのですからよしとしてさしあげます、とようやく許しが出て、タマはほっと胸を撫《な》でおろした。

舞台に集まった役者は、タマとたすき、亥神、そして儀式を見守る役目をも担うミケである。

――そして、ようやく、此度《こたび》の、年替わりの儀が始まる。

静まり返った大晦日《おおみそか》の夜。年をまたぐ午前零時まで、残りわずか。

どんな音楽も、年替わりの儀には必要ない。ただ年を司る十二支と、環姫《たまき》役さえ存在すれば、それだけで舞台は成立する。

月と星々の光が降り注ぎ、真冬の澄み切った静謐《せいひつ》な空気が満ちる中、最初に舞台に上ったのは、今年の十二支である亥神だ。

相も変わらず豪奢《ごうしゃ》な着物をしどけなく着流して、彫刻のように見事な体躯《たいく》、長い腕、太い足を悠々と操って舞うその姿は、まさに大地を揺らさんとするかのようだ。

いずれ来る出番のために舞台に上るための階段の前で控えているタマは、亥神の見事な舞姿にほうと吐息をもらす。

毎年、どの十二支も、本当に見事な舞を披露してくれる。その姿を見られるのは環姫役としての特権であり、その特権は今年で終わりなのだと思うと、やはりさびしさが胸をよぎる。

――これが、最後だと言うのなら。

――めいっぱい、目に、心に、焼き付けておかなくちゃ。

そう内心で呟《つぶや》くタマの打掛を、くん、と引っ張る小さな手があった。

そちらへと視線を落とせば、タマの打掛をぎゅっと握り締めているたすきが、大きな黒瞳《こくとう》をますます大きくさせながら、舞台に見入っていた。

そう、たすきが十二支の舞を見るのはこれが初めてになる。圧倒されるのも、見惚《みほ》れてしまうのも、そして、この後に彼に続いて舞わねばならない責務を前に怖気《おじけ》づくのも当然だ。

タマもそうだったのだから、たすきの気持ちはよく解る。

――そう、そうよ。

――よく見ておいて、たすきさん。

亥神の手の動き、足の運び、まなざしの向かう先。身体《からだ》をしならせひととせの時の流れを紡ぐ彼の舞は、これからたすきが出会う十二支のそれに必ず通じるものだ。

――そう、そして。

――次は、私。

ダン！　と亥神が舞台を強く踏み締める。びりびりと空気をしびれさせるような衝撃にたすきがひゅっと息を呑《の》んだ。

その幼い背を力づけるようにそっと撫で、タマは、舞台から差し伸べられている亥神の手を取った。

――……あ。

その時、ぽんっと背中を叩《たた》かれて、タマは思わず笑ってしまった。亥神が苦虫をかみ潰したような顔になって、タマの背後をなんとも不満げににらみ付けている。面白くない、と語るその表情を見なくたって、わざわざ振り返らなくたって、誰《だれ》に背を叩かれたのかすぐに解った。ミケだ。

彼がその手で確かにタマを勇気づけてくれたから、だからこそタマはためらうことなく舞台へと上ることができる。

亥神に抱き寄せられるように舞台に上ったタマは、するりと蝶《ちょう》のように彼の手から逃れた。

そして始まるのは、タマの十二年の集大成だ。

もうこの身体は次に何をすべきかを、完全に、完璧《かんぺき》に覚えている。

この身は月と星の光を浴び、この手は風を切り、この足は大地を踏み締め、そしてタマのすべては時の流れを感じ、そして紡ぐ。

「環姫様、綺麗《きれい》……」

じっとこちらを見上げているたすきが、確かにそう呟いてくれたのを聞いた。

気恥ずかしさよりも誇らしさが勝って、タマは微笑《ほほえ》んで大きく打掛の袖《そで》をひるがえす。

亥神が伸ばす手を、時に受け入れて彼に寄り添いそのままその手を重ね、あるいは時に避けて互いに挑み合うように足を踏み鳴らす。

やがて、山頂から一筋の光が舞台へと伸びてくる。

輝く光で編まれた猪《いのしし》達が、音もなく山頂から駆けてくる。彼らが引くのは荘厳な誂《あつら》えの車箱だ。荒れた山道などものともせずに、優雅に猪達は車を引き、舞台へと横付ける。

そう、これが旧年の迎え。

タマはためらうことなく、羽織っていた一枚目の打掛――亥神のための藍白色《あいじろ》のそれを脱ぎ捨てた。

菫《すみれ》の花弁が舞うように風に乗ったそれは、そのまま亥神の手に落ちて、彼はそれをそっと抱き締めるように受け止める。

「――さらばだ、環姫よ」

「はい、亥神様」

そして最後にこちらの頬《ほお》に触れようとしたその手は、タマが笑い返した途端に、苦笑とともに亥神の元に戻された。

亥神が打掛を手に車箱に乗り込むと、そのまま猪達は主人を乗せて山頂へと駆け出す。

「たすきさん、いらっしゃい」

亥神を最後まで見送ってから、タマは舞台の下で立ち竦《すく》んでいるたすきへと手を差し伸べた。

名指しされたたすきははっと息を呑み、今までになく緊張した面持ちで、こちらへと手を伸ばしてくる。ためらうことなくその手を取って自らの元へと引き寄せたタマは、心からの笑みをたすきに浮かべてみせた。

大丈夫よ、と唇を音なく震わせれば、たすきは顔を赤らめて、こくりと頷《うなず》いてくれる。

そして始まったのは環姫役とたすき役による二人の娘の――姉妹にも等しい瑞々《みずみず》しい娘達の、神に捧げる舞である。

タマの紅椿《べにつばき》色の打掛と、たすきの純白の打掛が幾度もひるがえり、新たな時を紡ぎ始める。

――ああ、ほら。

――いらっしゃったわ。

山頂から舞台へと続く光の道を、先ほどの猪と同じくやはり光で編まれたあまたのねずみが、車箱を引きながら駆けてくる。

やはり音もなく舞台に横付けした車箱の御簾《みす》が開かれ、そしてそこから現れたのは、齢《よわい》十歳を数えたばかりかと思われる少年だった。

狩衣《かりぎぬ》姿の彼は、元服前のその容姿に合わせてか、烏帽子《えぼし》を被《かぶ》っているわけではない。肩口で切りそろえられたつややかな髪をさらりと揺らして、誰もがうっとりとするような紅顔の美少年は、とんっと軽やかな足取りで舞台へと降り立つ。

――午前零時。元旦である。

旧《ふる》き年は今年もつつがなく去り、新たな年が始まった。

少年の――今年の十二支である子神《ねのかみ》のまなざしに促され、タマは深く頷きを返し、たん、と舞台を踏み締める。

タマの、たすきの、そして子神の大きな袖がひるがえり、新たな年の始まりを寿《ことほ》ぐ。

月明かり。星の瞬き。風のささやき。そして中津国《なかつくに》の人々の暮らしのにぎわい。

すべてが自身の身に流れ込んでくるのをタマは感じていた。これこそが、亥神が言っていた〝月読《つくよみ》〟としての性なのかもしれない。

それらすべてを受け止めて、タマは、初めての本番に既に息を切らし始めているたすきを引き寄せた。はっと息を呑む彼女と手を繋《つな》げば、自身の中に集まっていた時の流れが、たすきへと流れていくのを確かに感じる。

たすきもまたそれを感じ取っているらしい。不思議な感覚に戸惑う少女の背をそっと押せば、彼女はたんっと舞台を踏み締めて、その小さな手を蝶のように優雅に舞う子神へと伸ばす。彼は心得たとばかりにその手を取った。

そして、二人の娘と、一柱の神の舞が、終わりを迎える。

年替わりの儀は、今年も無事に執り行われた。

「……久しいね、環姫。そしてはじめまして、新たなるたすきよ」

幼い声でありながらも不思議と威厳に満ちあふれた声だ。タマはその場で膝《ひざ》を折り頭を下げ、たすきもまたそれに続く。

タマは十二年前にも、こうして彼のことをこの舞台でたすき役として迎え入れた。改めて時がひとめぐりしたことを感じ、じんとした感慨が胸を満たす。

「子神様におかれましては、此度も高天原《たかまがはら》より降りてきてくださいましたこと、心より深く御礼申し上げます。私は松の内が終わるまでとなりますが、なにとぞよしなに。そして、新たなる当代たすき役、ひいては次代の環姫役となるこの子のことを、なにとぞよろしくお願い申し上げます」

「わ、わたくしめが、当代たすき役にございます」

「もちろんだとも。僕は子神、十二支において〝始まり〟を司る者だ。よろしく頼むよ」

「もったいないお言葉、重ねて御礼申し上げまする」

深々と三つ指をついてこうべを垂れるたすきに、タマは「たすきさん、なんてご立派な……！」と内心で拍手喝采《かっさい》を送り、そんなタマとたすきを見比べて、ふふ、と子神は小さく笑った。

「当代のたすきは随分と出来がいいようだ。ああ、すまないね、別に環姫、きみの出来が悪かったと言っているわけではないよ？」

「私の出来が悪かったのは事実ですし、たすきさんがすばらしいたすき役であり次代の環姫役であることもまた事実ですので大丈夫です！」

「なるほど、それは頼もしい」

タマが満面の笑顔で拳《こぶし》を握り、そんなタマの隣でたすきが顔を真《ま》っ赤《か》に染め上げる。

抑えきれない笑いをかろうじてこらえている様子で子神は頷き、そしてその瞳《ひとみ》を、じっと舞台の側で沈黙を保ち続けていたミケへと向けた。

「さて、そちらはそちらで久しぶり……というほどでもないか。僕らにとっては十二年などまばたきのような時間だ」

「解ってるならわざわざ挨拶《あいさつ》なんざ無用だぜ。儀式は終わったのだから、さっさと御社に入ってもらおうかえ。ここは寒くてたまらんよ」

「きみは本当に変わらないね、裁彦《たつひこ》。ああでも……ふふ、そうでもないのかな？」

何やら意味深に、そしてそれ以上に非常に楽しげな、なんとも思わせぶりな笑みを浮かべて、子神は、子神とミケのやりとりにひやひや焦りまくっているタマへと視線を向けた。

「はい？」と首を傾《かし》げ返すと、子神は「なんでもないよ」とにっこりとさらに笑みを深める。

対照的にこれ以上なく不機嫌な顔になるのは言わずもがなミケである。

「……余計なことをお言いでないよ、子神」

「はいはい。さて、それじゃあさっさと御社に入って、新年の祝いの宴《うたげ》を始めようじゃないか」

ぱんぱんと手を打ち鳴らす子神のその言葉に促され、タマはたすきとともに立ち上がって一礼し、さっさと御社の広間へと向かおうとする子神の後にしずしずと続く。

ついついちらちらとミケのことを窺《うかが》ってしまうけれど、彼はやはり何も言わずに、ただ最後尾に続くだけだ。

——亥神様から、助けてくださったけれど。

——結局私達は、まだ、『喧嘩中《けんか》』ってこと、よね？

喧嘩別れになって、ミケに〝ダマ〟という環姫役がいたことを刻み付けていけたら、なんて、大それたことを思っていたけれど、それはやはりよくないことだ。

だってミケは、いつだってタマを助けてくれた。支えてくれた。そばにいてくれた。

そんな彼に対して恩をあだで返すような真似《まね》なんて、そもそもできるはずがなかったし、したいとも思えないのだ。

——ミケ様には、笑っていてほしい。

たとえ、彼が笑いかける相手が、自分ではなかったとしても。

ずきずきと胸が痛むのは、あくまでもタマの事情でしかない。ミケにも同じ痛みを感じてほしいだなんて、そんなこと、考えてはいけないのだ。

「……環姫様？　その、大丈夫ですか？」

タマの表情が優れないことに、隣を歩いていたすきは敏《さと》く気付いてくれたらしい。

子神やミケに気を使って、できる限り音量をひそめながらこちらを見上げて問いかけてきた少女に、タマはなんとか笑い返した。

「大丈夫よ。ずっと緊張していたから、ちょっと気が抜けちゃったみたい」

「それだけですか？」

「ええ、それだけよ」

「……本当に環姫様は、意地っ張りなんですから」

呆《あき》れと心配が入り混じる溜息《ためいき》を吐き出されてしまい、タマは苦笑いを浮かべながら視線を泳がせた。つくづくこれではどちらが年嵩《としかさ》なのか解らなくなってしまいそうだ。

タマとたすきのやりとりは、しっかり子神にもミケにも聞き拾われていたらしく、御社の新たなる主人として前を歩む子神がとうとうこらえきれなくなったように小さく噴き出し、後方ではミケが小さく舌打ちするのが聞こえてきて、タマは改めて大層いたたまれない思いを味わう羽目になったのである。


かくして、タマにとっては最後となる、年替わりの儀は終了した。

環姫役としての役目を、タマはようやくはたしたのだ。

だが、松の内が終わるまで、つまりは睦月《むつき》の十五日までは、タマは御社に滞在することを許されている。環姫役として、たすき役への、最後の引継ぎ期間となる。

そう、そのはず、だったのだが。

「わたくしはもう次代の環姫役として、何もかも完璧にございまする」

「……え、あ、ええ、もちろん。その通りだと思うわ。たすきさんは本当にすばらしいたすき役だし、環姫役として申し分ない……」

「ですから」

三が日を終え、正月飾りを少しずつ片付け始めた頃《ころ》。タマはたすきと膝を突き合わせ、なんとも厳しい表情を浮かべている彼女に戸惑うばかりでいた。

自信満々に『完璧』だと称するたすきのことを、自意識過剰だとは思わない。むしろ、ごもっともだと納得するより他はない。

その上で〝最後の引継ぎ〟と称して互いにそばにいるのは、一重に、タマがたすきのことがかわいくてならないからだし、たすきもまたなんだかんだ言いつつタマのことを慕ってくれているからに他ならない。

だがしかし、今日《きょう》になって「お話ししたいことがございます」と真剣に口火を切った少女の様子は、どうにも今までとは異なるそれのように感じられた。

あらぁ？　と呑気《のんき》に首を傾げるタマを、たすきはきっとにらみ付けてぱんぱんぱんぱん！　と彼女らしくもなく乱暴に手のひらで畳を叩く。

「環姫様も裁彦様も、いい加減になさいませ」

「……ええと？」

「もうわたくしも我慢の限界です。いつまで意地を張り合っていらっしゃるおつもりですか？

年替わりの儀も終え、松の内も残りわずか。大晦日に至るまでよりはまだマシになったとはいえ、お二人のぎくしゃくとしたあの空気、もうわたくしは耐えられません」

「……それはその、ごめんなさいとしか………」

「口だけならばなんとでも言えますわ。環姫様、裁彦様と仲違《なかたが》いをなさったまま、わたくしをこの御社に残していけるとはお思いにならないでくださいませね。本日中に裁彦様とお話し合いになられませ。さもなくば」

「さ、さもなくば？」

「わたくしも、環姫様のことをずーっと無視してさしあげます」

「!!」

ツンッと顔を背けるたすきに、タマはぴしゃあああん！　と、雷を落とされたかのような衝撃を受けた。

そんな。せっかく仲良くなれたこの少女に無視されるだなんて、そんなこと、到底タマには耐えられそうもない。

「たすきさんごめんなさい！　無視しないで！　なんでもするから！」

「ならば仲直りをなさってくださいね。ご健闘をお祈り申し上げまする。それではこれより、無視を開始させていただきます」

ぺこり、と頭を下げたたすきは、そのまま立ち上がって去っていった。「た、たすきさん!?」とタマが慌ててその小さな背中に声をかけても、彼女は立ち止まるどころか振り向きもしなかった。なるほど、これが無視。

短い付き合いではあるが、たすきが基本的に有言実行の人であり、一度決めたことはそうそう覆さない性質の少女であることはタマも理解しているつもりだった。

つまり、本当にこのままでは、最後の最後まで無視され続けることになってしまう。

「……たすきさんは、本当に優しくて気の利く素敵なお姫様だわ」

つまるところ、たすきは「自分に無視されたくなければさっさと仲直りしろ」と、タマに発破をかけてくれたのだ。

自らが悪者になってまでタマとミケのことを気遣い、タマの逃げ道を塞《ふさ》ぐことで『仲直り』せざるを得ない状況へと追い込んでくれた。

「うん、そうよね。亥神様から助けていただいたお礼も、できていないし」

結局何もかもなあなあになってしまっている自覚は、もともとあった。

ミケがいまだにタマのことを避けに避けてくれているのをいいことに、タマはタマで何とも言えない気まずさゆえに彼のその行為に気付かないふりをしてそのまま今日に至っていた。

でも。

「年貢の納めどきよ、タマ！」

やはり喧嘩別れなんてしたくない。タマのわがままでミケに傷を残していくような真似なんて頼まれたってごめんだ。

……まあ、あのミケの傷痕《きずあと》になれる自信なんて、そもそも最初からほとんどなかったのだけれども。

だからこそ、ならばやはり仲直りするのが一番だ。

「そうと決まれば、準備しなくちゃ」

大丈夫。ちゃんと、仲直りできる。ちゃんと、お別れできる。

そう幾度となく自分に言い聞かせながら、タマは気合いを入れるために自らの両頬をぱんと景気よく叩いて立ち上がった。

向かう先は決まっている。この御社の、炊事場だ。


「————————で、なぁんの宴かえ、これは？」


夜のとばりが落ちて、草木も獣も眠る頃。

「私によるミケ様のためにミケ様に贈るミケ様へのこれまでのお礼の宴です」

「…………ほぉん」

ぷか、と、煙管《キセル》から吸った煙を吐き出して、ミケは片眉《かたまゆ》を器用に持ち上げた。

不機嫌、とまではいかないが、ご機嫌であるとも言いがたい彼の様子に若干どころではなく心がめげそうになる。だが、タマはここで引こうとは思わなかった。

いくら晴れているからとはいっても、あくまでも季節は冬。しかも夜。

それなりどころではなく寒いに違いないし、暑いのと同じくらい寒いのを好まないはずのミケは、その上でなお、自室に戻るでもなく、中庭の中でもひときわ大きな松の木の根元で、自らの外套《がいとう》にくるまってまどろんでいた。

そこを見事捕獲……そう、まさしく捕獲と呼ぶにふさわしい勢いで彼を確保し、そのままタマはこのいつも食事を摂る部屋に連れ込んだのである。

室内に並べられた膳は、タマが持てる限りの技術を尽くした魚料理だ。

そのまま食材の味を楽しめるお造りにはおろしたてのわさびと格式高い醤油《しょうゆ》を添え、たっぷり身の詰まった川魚の塩焼きにはしっかりと焼き目を付けつつもその脂を落としすぎないように留意し、汁物としては白身魚と山芋で作ったふんわりとした真薯《しんじょ》を一から丁寧に取った出汁に浮かべたものを用意した。

その他にも、ほかほかと湯気を立ち上らせるぶり大根に、たっぷり薬味を利かせた酒のつまみにぴったりの青魚のなめろう、ふんわりかりっと揚げたわかさぎのてんぷらの山などなど、これでもかというくらいに幅広く数が多い魚料理が、ミケの前の膳に並べられている。

それを笑みを浮かべるわけでもなく、なんとも言えない、あえて言うならば「何かえこれは？」と心から不可解そうな表情で見つめているミケに対し、タマは彼の前に回り込み、三つ指をついて深々と頭を下げた。

それはミケにとっては想定外の行動であったらしく、「タマ？」と首を傾げる気配を感じたけれど、構うことなくタマは頭を下げたまま続ける。

「ミケ様、ごめんなさい」

「…………………………は？」

低い声だ。先ほどまでの戸惑いから一転してミケの声が不機嫌なそれになったことにぎくりと肩を震わせつつ、それでもなお続ける。

「私にできる、精一杯のお礼と、お詫《わ》びの膳です。もちろん子神様にはご許可をいただいておりますし、たすきさんに手伝わせたわけでもございません」

「……んん？　お礼はまあ解らんでもないが……お詫び？」

「はい、お詫びです。私が勝手に癇癪《かんしゃく》を起こして、ミケ様のお気持ちも考えずに、ミケ様をご不快にさせてしまって、本当にごめんなさ……」

「違う」

ぴしゃり、と。

皆まで言い切る前に、ともすれば痛みを感じるかのような容赦のない鋭利な響きで、ミケはタマの台詞《せりふ》を遮った。

――やっぱり、許してもらえないのかしら。

――私が何をしたって、ミケ様のお心には残れないのね。

この期に及んでもなお自分の気持ちを優先しようとする思考回路に、我ながら呆れてしまう。

頭を下げたまま思わず目を閉じたのは、続けざまに振ってくるであろうミケの言葉の刃《やいば》から身を守るためであり、同時に、こぼれ落ちそうになった涙をこらえるためだった。

けれど。

「お前さんが謝る必要はないだろう。そう、それこそ、一切、これっぽっちも」

「え……？」

「ああもう、よりにもよってお前さんに謝らせるなんざ、俺《おれ》も焼きが回ったもんさね。とりあえず顔をお上げ、タマ。俺の顔をよく見てみ」

「え、あ、は、はい」

促されるままにそっと顔を持ち上げる。そして息を呑んだ。見上げた先にあるミケの顔が、今度は苦虫をめいっぱいかみ潰したようなそれになっている。それでもなお彼のそのかんばせは誰よりも美しいけれど、今まで一度だって見たこともないような表情に、思わず首を傾げずにはいられない。

つい一瞬前までの不安から一転して、ただただ戸惑いをあらわにするタマを、ミケはじぃと見つめてくる。

三日月の浮かぶ金色の瞳がゆらりと揺れて、やがて彼はいつだって被ったままでいる制帽をぽいっと投げ出し、ぐしゃぐしゃと片手でその黒、茶、白が入り交じる長い髪をかき乱した。

「タマ」

「は、はい！」

改まって名前を呼ばれて姿勢を正す。

何を言われたとしても受け止めてみせるという気概で、真っ向からミケを見つめ返せば、彼はふうううううう、と、長い長い吐息をこぼしてから、ゆっくりとその頭を前方に傾けた。

つまり、頭を下げてきたのである。

——へっ？

あまりにも想定外すぎるミケの姿に、タマは文字通り硬直した。わあ、ミケ様のつむじなんて、もしかしたら初めて見るかも……とかなんとか考えている場合ではない。

あわあわと見るからに慌てふためき出したタマの気配に気付いたのだろう。

ミケはこれまたじれったくなるくらいにゆっくりと頭を持ち上げて、まっすぐにタマのことを見つめてきた。

その美しいかんばせに浮かぶ真剣な表情は、やはり今まで一度だって見たこともないようなものだ。

——十二年も一緒にいたのに、ミケ様にはまだまだ、私が知らないところがあるのね。

そんなことは当たり前のことなのに、どうしてもさびしさが首をもたげる。

それに気付かないふりをして彼を見つめ返すと、ミケはひとたび迷うように唇を開閉させ、視線を泳がせてから、ようやく覚悟を決めたように改めて口を開いた。

「すまなかった、タマ。俺の不徳のいたすところゆえ、お前さんにいらぬ心労をかけた」

悪かった、と、ミケは先ほどよりももっと深く頭を下げてくる。

ひえええとタマはおののいた。自分が謝ることでミケに許してもらい、仲直りができたらそれでよかっただけなのに、なぜか自分の方がミケにこれ以上なく丁寧に謝罪されている。

おかしい、どうしてこうなった。

「みみみみ、みけさま、頭を上げてください！」

「そういうわけはいかんよ。お前さんを俺は傷付けた。どういう理由があろうとも……というか、その理由だって、俺の理不尽で身勝手なわがままゆえよ。お前さんを泣かせてしまった俺が全面的に悪い」

「大丈夫です、大丈夫ですから！」

だから頭を上げてください、と繰り返しても、ミケの意思は固く、彼は頭を下げたまま微動だにしない。

——ど、どうしよう⁉

まさかここに来てこんな風に途方に暮れることになるとは思わなかった。

ああでもそうだ、そうだった。自分は知っていたはずではないか。

ミケはいつもはふざけて冗談を口にしてばかりで、なんともつかみどころがなくて、責任とか義務とかが控えめに言っても好きではない人だけれど、同時に誰よりもタマに対して誠実であろうと努めてきてくれた人であったということを。

——だから私は、ミケ様のそばにいたかったの。

当たり前のことをやっと思い出して、タマはきゅっと膝の上で両手を握ってから、ごくりと息を呑んだ。

そう、覚悟は決めた。彼と、仲直りをしなくては。

いいや、『しなくては』ではなくて、タマ自身が心から仲直りを『したい』と思っているのだから、その心のままに行動しよう。

「ミケ様。頭をお上げください」

「許してくれると？」

「いいえ」

さっくりとかぶりを振ると、ミケの肩がわずかに震えた。

彼らしくもない焦りと不安をそのわずかな動きから感じ取り、タマは思わず笑ってしまう。

それが悔しかったのか、思わずといったていで顔を持ち上げる彼の顔を覗き込み、彼の言葉を待つことなく続ける。

「私はミケ様を許しません。だからミケ様も、私を許さないでください」

ミケの金色の瞳が大きく瞠《みは》られる。

そこに映り込むタマは、いつものミケのように、どこかいたずらげに笑っていた。

「おあいこにしましょう？　私も、ミケ様も、お互いに『ごめんなさい』ですけれど、私はその『ごめんなさい』はそのまま胸にしまっておきたいし、ミケ様にもそうしていただきたいんです」

駄目ですか？　と続けて問いかけながらも、タマは自分がとんでもないわがままを言っているのだという自覚は大いにあった。

その上でこの提案をしたのは、やはり自分がミケに傷を残していくことを諦《あきら》めきれていないからだ。

ミケに、〝タマ〟という存在がいたのだという証を、どうしても残していきたいから。

環姫役としてはあまりにも私欲にまみれた行動に我ながら呆れずにはいられないけれど、でも、それでも、どうかどうかと。

握り締めている手にぎゅうとさらに力がこもる。

さいわいなことにミケにそれを気取られることはなく、彼は納得し切れないと言わんばかりの顔で首を傾げた。

「いやだから、どう考えても俺が全面的に悪いと思うぜ？　自分で言うのも何だがね」

「でも、私も、そう感じてくださるミケ様のお気持ちを汲《く》むことができていませんでしたから」

だからおあいこ、と笑えば、ミケは「そうかえ」と笑った。ようやく、笑ってくれた。

十二年間当たり前に見上げ続けてきたその笑顔を、本当に随分と久々に見た気がした。

――ミケ様。

彼が自分だけに許してくれたその名前を内心で呟いた瞬間、ぽろ、と。あたたかなしずくが、まなじりからこぼれた。

そのまま続けざまにぽろぽろととめどなく泣き出したタマに、ミケは驚いたように瞳をまばたかせ、そっとタマの頬に手をあてがってくれる。

「タマ、どうして泣いて……ああ、ほら、泣きなさんな。すまないねぇ、またお前さんのミケ様が余計なことを言ってしまったんか？」

「ちが、違うんです」

そう、ミケのせいではない……ミケのおかげ、ではあるけれど。

だって。

「ミケ様が」

「うん」

「ミケ様が、笑って、くださったから」

だからです、と震える声で続けると、金色の瞳がぱちん、と大きくまばたいて、そのまま彼は首を傾げる。

「……俺が笑うと、タマは泣くのかえ？」

「はい。嬉《うれ》しくて、泣いてしまうみたいです」

当たり前にあった彼の笑顔が、こんなにも綺麗だったことを、今、初めて思い知らされた気がした。いつだって彼は、泣きたくなるくらいに美しく笑いかけていてくれたのだ。

――そう、この涙は、あの時と、同じ。

時不知山で一人迷ってしまった十一歳のタマを、これ以上なく厳しく、力強く叱《しか》ってくれたミケに、嬉しくて泣いてしまった時と同じだ。

ずっとずっと、タマは、ミケが、健やかに美しくあってくれることが嬉しかった。

笑ってくれると、もっと嬉しくて、幸せになれた。

今更すぎる気付きだ。もっと見ておけばよかった。もっともっとべったりくっつくくらいにそばにいればよかった。

これが後悔というものなのね、と涙を流し続けるタマに、ミケは困ったように苦笑して、身を乗り出してくる。

間近で顔を覗《のぞ》き込んでくる彼にそっと片手で顔を持ち上げられても、タマは大人《おとな》しくされるがままだ。

ミケは笑っている。優しく、いたずらげで、やわらかな笑顔。

「そりゃあ困ったねぇ。俺は確かにお前さんの泣き顔も嫌いじゃないが、それよりももっとずっと、お前さんの笑顔がいい」

だから笑っておくれ、と、指先で涙をぬぐわれる。

ミケがそう言ってくれるのならば、笑顔になりたい。彼のために笑いたい。

だからタマは心からの笑みを浮かべてみせる。いくら涙にぬれていようとも、とびっきりの、最高の笑顔を、ミケのためだけに。

ミケの双眸《そうぼう》がそっと甘く細められ、そして彼は「さて」と口火を切った。乗り出していた身を引いた彼は、ぽんぽんと自らの隣を叩き、タマをそこに座らせる。

「それじゃあ、せっかくの膳をいただこうかね。タマ、酌をたのめるかえ？」

「お酒を飲むと、眠りが浅くなってしまいますよ？」

「元より今夜は眠る気などないさね。それに、ちゃんと用意してくれてるってこと、俺は知ってるぜ？」

「……ちょっとだけですからね」

「おうよ」

タマが彼の手の杯に注いだ酒を一気に飲み干して、さっそくとばかりにミケは食事に次々に箸《はし》を伸ばす。

自分で言うのも何だけれど、「作りすぎちゃった……」とタマが最終的に呆然《ぼうぜん》としてしまったくらいには量があったはずの膳が、あっという間に空になっていく。

ミケは食事にはあまり執着がなく、いつも最低限の量ですませている、という印象だった。せいぜいこだわりは薄味がお好き、という程度である。けれど今は、さもおいしそうに、嬉しげに、笑みをたたえて箸を口に運ぶ。

その姿がなんとも嬉しくて、ついついタマも、次々と彼の杯に酒を注いでしまった。

「――うん、ご馳走《ちそう》さん」

「はい、お粗末様です」

酒気により元は白磁のような頬をほんのりと薔薇《ばら》色に染めて、いかにも満足げな溜息をミケは深く吐き出した。

すっかり上機嫌になった様子の彼は、ひょいと指先を、先ほど放り投げた制帽へと向けてくいくいと指先で招く。見えない力に操られ、制帽は浮き上がり宙を滑ってミケの手元に落ち、彼はそれをいつものように頭に被り直す。

休めていた煙管をひとたびぷかりと吸ってから、彼はどう見ても酔っぱらっている足取りでふらりと立ち上がった。

「ミケ様、大丈夫ですか？　やっぱり飲みすぎたんですよ」

「んん？　酌をしてくれたのはお前さんだろう？」

「それはそうですけども」

そう指摘されるとぐうの音も出ない。

そういえばミケがここまで酔っぱらっている様子を見るのも初めてだ。

空になった膳を片付ける前に、彼のための布団の準備をした方がいいかも、とタマが考えていると、不意にミケはとんっと床を蹴《け》って、部屋の真ん中へと一足飛びで移動した。

彼の急な動きに驚くタマを見下ろして、彼はにんまりと深く笑う。

「タマ。お前さんの心遣いに、感謝と敬意を表して」

そう歌うように告げた彼の煙管が、その手の中でくるりと回って、扇へと姿を変える。

その扇が一度、二度、と、蝶の羽ばたきのようにひるがえる。

かくして始まったのは、見事な舞だった。

年替わりの儀のための舞とは異なる、初めて見る舞だ。そもそもミケが舞うことができること自体知らなかった。

片手でやわく空気を撫で、もう一方の手の扇で新たなる風を生む。床の上をすべるように動く足の優雅な所作は、タマが見たことはない海というものの波打ち際でさざなみとたわむれる時、こんな風になるのだろうと不思議と納得した。

――綺麗。

――とっても、綺麗。

彼が蝶の羽ばたきのように、花弁が舞うようにその身をひるがえす、その姿に見惚れずにはいられない。

――ちりん。

鈴の音が聞こえる。それがミケの左耳を飾る鈴が奏でる音なのだとはすぐに気付けた。

――ちりん。

――ちりりん。

涼やかで軽やか、そして何よりも清らかな鈴の音が、驚くほど大きく響き渡る。

ミケの舞に呼応して鳴っているのか、それとも鈴の音こそがミケを操り舞わせているのか。

どちらかしら、と頭のどこかでやけに冷静に考えて、すぐに答えは出る。

どちらであったとしても、この美しさには何一つ変わりはないということはあまりにも明確なのだから、どちらでも構いやしないのだと。

――ちりん。

――ちりりん。

ミケの動きが大きくなるごとに、鈴の調べもまた大きく響く。

ただただ彼の舞に魅入られるばかりのタマは、そこでようやく、自らの手首の組みひもに通されている、かつてミケの右耳を飾っていた鈴の存在を思い出した。座り込んでいるだけのタマのその鈴もまた鳴っているのだ。

どうして、と思う間もなく、ミケのまなざしがこちらへと向けられたことに意識を持っていかれる。彼の手がこちらへと差し伸べられる。十二年間、当たり前のようにそうしてきたのと同じように、気付けばタマは、その手を取っていた。

そして次に始まったのは、タマとミケによる、男女の二人舞。

その姿を見た者は、誰しもが夫婦舞だと表したに違いない。

ミケとともに舞うのはこれが初めてであるというのに、手に取るように彼の次の動きが解る。

自分がどう舞うべきなのか、自分がどう舞いたいのか、何もかも迷うことがない。

——ちりん。

——ちりりん。

鈴の音が二つ重なって、新たな調べを紡ぎ出す。

時に吐息が触れ合うほどに近寄り、あるいは逆に手が届かないほど遠くに離れるを繰り返し、タマはミケと舞い続ける。

どうしようもないくらいの幸福感が胸を満たしている。

——ミケ様。

——あなたにお会いできてよかった。

——あなたがいてくれてよかった。

——あなたのそばに、いたかった。

もはや決して叶《かな》わぬ願いであると解っている。

それをようやく今、受け止められるような気がした。

ミケの扇がひらめいて、タマは引き寄せられるかのように彼の胸元に寄り添う。その次の瞬間、ミケがひょいっとタマのことを抱え上げた。

「えっ、ああああの、ミケ様!?」

「ははっ！　タマは大きくなっても軽いねぇ」

——ちりりりりりんっ！

鈴が鳴る。

ミケが心底楽しそうに、タマを抱き上げたまま、くるくるとその場で回り踊る。

目が回りそうになりながらも、あまりにもミケが嬉しそうなものだから、とうとうタマも笑い出してしまった。

——ちりん。

——ちりりん。

——ちりりりりりんっ！

鈴の音がまるで自分達を祝福してくれているようだった。

もうすぐそこまで別れは迫っているのに。

ああそうだ、もしかして、その別れこそを祝福しようとしているのか。

「なぁ、タマよ」

「はい、ミケ様」

タマを確《しか》と抱き上げて、ミケはじいと見上げてくる。金色の瞳に宿る三日月が、切なる光を宿して輝いていて、思わず息を呑んだ。こんなにも幸せな気持ちなのに、その気持ちとは裏腹な切なさを呼ぶその光。

「このまま、俺にさらわれとくれ」

「え……？」

ミケが何を突然言い出したのか、理解できなかった。ぽかんと彼を見つめ返せば、ミケはいつもの笑みを消して、初めて見るような真剣な顔で、こちらをじいと見つめてくる。

――私の知らない、男の人のお顔。

その美しさに言葉を失うタマに構わず、ミケはタマを抱える腕にぎゅうと力を込めてくる。

「どうかこのまま俺にさらわれとくれよ。環姫役も裁彦役も関係ないさね。何もかも捨てて、俺だけを選んどくれ……って、ああやだね、これじゃ亥神の野郎の二番煎《せん》じってもんか。最悪や」

眉根《まゆね》を寄せてそう吐き捨てるミケは、それでもなおタマを離そうとはしてくれない。みけさま、と唇を震わせると、彼は今にも泣き出しそうな笑顔になった。ああ、そんな表情もまた、彼はあまりにも美しい。

「俺のすべてをくれてやる。だから俺に、どうかお前さんのすべてをおくれ。お前さんが望むならば、中津国だろうが高天原だろうが、それこそ黄泉国《よみのくに》だろうがさらっていってやろ。どこまでも二人でいこう。なあ、タマ、だから……」

「ミケ様」

――――皆まで、言わせる前に、タマはミケの唇を押さえた。まるで口付けのように優しく触れれば、彼はきゅっと唇を引き結ぶ。そのまま彼が口をつぐんだのをいいことに、タマは両手で彼の顔を包み込んだ。

「ミケ様はお優しいから、そんなことができないってこと、私、知っているんですよ」

「……俺がお前さんよりも中津国を選ぶ男だって言いたいんか？」

「はい。違いますか？」

「違う。俺はお前さんがいい」

「ふふ。はい。ありがとうございます。そのお言葉で、もう、十分です」

どうしようもないほどに、気が遠くなるほどに、嬉しい言葉をもらえたのだ。だから、もういいと、そう思えた。

もしも本当にミケがタマをさらってくれたら。その役目を放棄したら。その時、中津国の穢《けが》れを祓《はら》う存在はいなくなり、世界は荒れるだろう。それを黙って見すごせるような人ではないことを、タマはずっと前から知っている。

そういう風にあまりにも優しくて残酷な人だから、タマはこの青年のそばにいようと思った。そばにいたいと思っていた。

そう、だからこそ。

――ええ、そうね。

――私、ちゃんと、笑顔でお別れできるわ。

大丈夫、と自身に言い聞かせて、まなじりに浮かびそうになった涙をこらえて、タマはミケの腕の中で本心からの笑みを浮かべた。

きっとこれが最後だから、と言い訳して、彼に少しだけさらに身を寄せる。

「ありがとうございました、ミケ様。この十二年、タマは幸せ者でございました」

ミケは何も言おうとはしなかった。そのかわりに、今にも泣き出しそうに、それはそれは美しく笑ってくれた。

そのあまりにも美しすぎる笑みをはいた彼のかんばせをまぶたに焼き付けて、タマは彼の腕に身を任せ、鳴り響き続ける鈴の音に、ただ耳を澄ませた。

――――こうして、タマは、無事にミケと〝仲直り〟をはたした。

たすきにきちんと報告したところ、彼女は大いにほっとした様子で、安堵《あんど》のあまり涙で瞳をうるませながら、「よろしゅうございました」と声を震わせてくれた。

タマが思っていた以上に、たすきはタマとミケのぎくしゃくとした関係について気をもんでいたらしい。

大いに不安にさせ、とんでもなく心配をかけていたことを改めて思い知らされて、タマはたすきに改めて土下座せんばかりに謝罪を捧げさせてもらうことになった。

そうしてタマの知るいつも通りの御社の日々はあっという間に過ぎ去り、いよいよ睦月の十五日がやってきた。そう、松の内の最終日。十二年ぶりに環姫役が交代する日である。

「今宵《こよい》の月次《つきなめ》の儀、ぜひとも私も同席させてくださいませ」

年の始まりである睦月、しかも環姫役が交代する年であろうとも、本日十五日は、月次の儀が執り行われる日であることに変わりはない。

黄昏《たそがれ》時にさっさと儀式を執行しに行こうとしたミケを捕まえてタマが頭を下げると、彼は驚くでもなく「勝手におしよ」とこちらに背を向けた。いつになくそっけない青年の様子に、タマの隣のたすきは戸惑っていたけれど、彼女もまた、タマとともに月次の儀に同席することを望んでくれた。

そのままとっぷりと日は暮れて、時はやってきた。

「――さて玉桂《たまかつら》、お前さんの艶《あで》姿、最後にタマに見せておやり」

夜の闇《やみ》に包まれた禁域で、月光を鍛え上げたような刀身を掲げるミケの姿を見つめる。

これが、最後。胸がきしむ音が聞こえたけれど、聞こえないふりをした。

眼前で凝《こご》る穢れが、頼りなくうごめいている。神からも人からも見捨てられたおぞましくも悲しいそれを祓うことは、一つの救いであるのだと気付いたのは、何歳の時だっただろう。

隣に立つたすきが、繋いだ手をぎゅっと握ってくる。同じように握り返すと、少女はほうと息を吐いて、じっと穢れを見つめ直した。そのまなざしは、初めて穢れを前にした時とは、もう異なっている。その黒瞳に宿る確かなあわれみもまた、穢れにとっての救いになるに違いないと、タマは不思議な確信を得た。

――――斬ッ！

金色の光が、闇を祓う。そうしてそこにひとりたたずむ青年の後ろ姿は、出会った時から何一つ変わらない。

――ミケ様。

――ああ、なんて、綺麗。

今までも、これからも、ずっとずっと彼は美しいままなのだろう。中津国の民草のために、輝ける刀を振るい続けるのだろう。

――どうか、お元気で。

振り向きざまに、いつものように飄々《ひょうひょう》とした様子で口角をつり上げた彼の姿を確かに瞳に、脳裏に、何よりも心に刻み付けて、タマは深々とその場で礼を取った。

かくして、今年初の月次の儀は、滞りなく終了した。毎月のそれと何一つ変わらない様子で、見事にミケは穢れを祓ってみせた。

そして、いよいよ。

当代環姫役——つまりはタマは、当代たすき役、今の御社の主人である子神、そして裁彦役であるミケとともに時不知山の神域と中津国を隔てる大鳥居の前に集まり、最後の別れを惜しむ運びとなった。

私物なんてほとんどないタマの手荷物は、ふろしき包み一つだけ。

その中には、十六の祝いにミケがくれた珊瑚《さんご》の玉かんざしが大切に収まっている。これだけは持っていきたいと思って、昨夜ふろしきに忍ばせたものだ。

最後の別れに髪を飾ってはどうだろうか、と考えなかったわけではない。けれど、その存在をミケに思い出してもらえなかったら間違いなく傷付いてしまう自分が容易に想像できたから、手荷物の中に大切にしまうだけに留《とど》めた。

これから先、何を手放すことになろうとも、この玉かんざしだけは、手首の鈴とともに、決して手放すことはないだろう。

そんな、玉かんざしくらいが重要なだけのふろしき包みを手に、タマは大鳥居の前に立っていた。向かい合うは、前述の三名である。

「長らく、お世話になりました」

深々と頭を下げる。

タマの短い口上に対して、最初に、うん、と頷きを返してくれたのは、子神だった。

「大義だったね、環姫。きみの中津国での暮らしが健やかなものであらんことを」

「もったいないお言葉です」

少年の姿でありながらも、逆らいがたい厳かな雰囲気をまとう子神にねぎらわれ、ますますタマは頭を下げた。

改めて自分が十二年間の務めをはたしたのだという実感が追いついてきて、胸がじんとする。

それが喜びの熱であるのか、さびしさの痛みであるのかは、まだ解らないままだ。

──我ながら、往生際が悪すぎるわ。

今までの環姫役は、どんな思いで十二年目の別れを迎えたのだろう。

時不知山を下りて天神社に迎えられたら、そこに勤めているのだという先達に問いかけてもいいだろうか、なんて考えつつ、タマは身をかがめて、すっかりうつむいているたすきの顔を覗き込んだ。

「たすきさん、今までありがとう。十二年後、また必ず会いましょうね」

「……っや、く、そくっ、忘れないで、ください、ませね！」

「ええ、もちろん」

とうとう耐えきれなくなったらしくしゃくり上げ始めた小さな身体をぎゅうと抱き締める。

同じくらい強い力で抱きついてくる少女のための名前を、十二年かけて考えよう。

とびきり素敵な名前がいい。

この子は、かわいくて美しくて、優しくていとおしい存在だから。

そしてそっと互いに身を離し、タマは視線をゆるりと巡らせた。その先にいるのは、制帽を目深に被ったミケだ。

そのまなざしがちょうど制帽のつばに隠れて見えなくなっていて、いつになく唇は引き締められ、彼の気持ちがいまいち汲み取れない。この別れを惜しんでくれているのかも、なんて、つい都合のいいことを考えてしまう。

「ミケ様」

「……ん」

「今まで、本当にお世話になりました。どうかご健勝におすごしください。十二支の皆様と、たすきさんのこと、なにとぞよろしくお願いいたします」

うまく笑えている自信はあった。だって何度も練習したのだ。鏡を前にして、何度この台詞を繰り返し、何度笑顔を作ったことか。

そう、こうやって、笑顔で別れたい。叶うならばミケにも笑い返してほしい。

だが、そうこいねがうタマの想《おも》いは、生憎《あいにく》届かないらしい。

ミケはやはりこちらに感情を何一つ窺わせない様のまま、「タマ」と短く呼びかけてくれた。

その声音はやはりいつも通りのやわらかなものであり、だからこそ表情が解らない彼の様子とどうにもちぐはぐなそれだった。

「十二年の環姫役としての務め、ご苦労さんよ」

「ありがとうございます」

「そんなタマに、ミケ様から……裁彦役からの褒美を取らそう。ああ、お前さんだから特別ってわけじゃないから安心しぃ。役目を終える環姫役へ、裁彦役が労をねぎらう報酬を渡すのは御社での慣例さね。なんでも欲しいものを言ってごらん。後で必ず天神社に届けさせるぜ」

ほとんど一息の早口で言われたその台詞に、タマはぱちんとまばたきをした。

褒美。しかもミケからの。

思ってもみなかった提案につい首を傾げれば、さも呆れたように子神が溜息を吐《つ》いた。

「意地の悪いことをするね。裁彦役からの環姫役への褒賞についての話は、いつももっと早くしていたくせに。天神社にも、もうかなりの量の褒賞を用意させていると聞いているよ。なんだったかな、振袖、簪《かんざし》、化粧道具一式？　まだまだあるだろう。裁彦、きみ、環姫を一国の姫君にでも仕立てあげるつもりかい？」

その言葉に、タマは目を見開いた。子神の台詞をそのまま受け取るならば、もうミケはタマのためにさまざまな品々を用意してくれているということになる。

――あ。

――もしかして。

ふ、と天啓のように降ってわいたのは、先達て、ミケとともに鳥居前町に降りた際にタマが袖を通した振袖だ。

あれは元は誰のためのものだったのだろうと不思議だったのだが、子神のこの言いぶりから察するに、あれもこれもすべて、ミケがもともとタマのために褒美として用意してくれていたもの、なのかもしれない。

そういうことなのですか？　と反射的に改めてミケを見上げると、彼はツンと顔を背けて「余計なことをお言いでないよ」とタマではなく子神に文句をつけている。やはりつまりは、そういうことであるらしい。

——ミケ様が、選んでくれたのね。

——私だけの、ために。

そう思うとなんとも嬉しくてならない。けれどその用意された褒美は、この別れのための餞《せん》別《べつ》なのかと思うと素直に喜び続けることもできない。目を逸《そ》らし続けているさびしさがまた湧《わ》き出てきて、タマはしゅん、と、驚くほど気落ちしてしまった。

そんなタマに気付いたのだろう。子神はあわれむようにタマを見つめてから、やはり心底呆れたようにミケを見上げた。

「着物一つ、簪一つくらい、裁彦役からの褒賞としてはおまけのようなものだ。環姫本人に選ばせてやることもできただろう。今までだってそうしてきたくせに、今の今まで黙っているとはね」

「…………お黙りよ、子神。ほら、そんなことはいいから、タマ。欲しいものはなんだえ？　今までの環姫役は、財宝や地位を求めた娘もいたし、土地や新たな法を求めた娘もいたけどねぇ、お前さんはそういうのはあまり好かんだろう。ああそうだ、前に言っていた、天神社に勤めるための口添え……推薦状なんてもんでも、ミケ様はご用意できますぜ？」

どうする？　とやはり一息に言い切ってから首を傾げるミケの表情はやはり窺えない。

彼の気持ちが見えない。何一つ、解らない。

何のためらいもなく自分との別れに餞別をくれようとする彼を前にして、ええと、とタマは口ごもった。

――ミケ様からの、最後のご褒美。

――そう、そうよね、やっぱりおっしゃる通り、推薦状をいただけたら助かるわ。

そうすれば何の問題もなく、天神社でたすきを十二年後に出迎えることができる。

確実にたすきとの約束をはたそうとするならば、やはり推薦状は欲しい。

そうだ、やはり、推薦状にしよう。それがいい。そうだとも。そう、しなくては。

「――――――――ミケ様」

それなのに。それなのにどうして。

「ミケ様、私にあなたをくださるというお言葉は、まだ有効ですか?」

それなのにどうしてこの口は、まったく別のことを口走っているのだろう。たすきが息を呑み、子神が瞳をすがめる。けれど構ってなんていられなかった。タマの目にはもう、何の感情も窺い知れないミケの姿しか映っていない。

どうかその顔を見せてほしい。どうかこの言葉に、想いに応えてほしい。そんな思いが堰《せき》を切ったようにあふれ出す。止まらない。

だって仕方ないではないか、本当に欲しいものなんて、もうずっと前からたった一つ、たった一人だけなのだから!

「ミケ様、ミケ様が欲しいです。他にはなんにもいりません。ミケ様だけが欲しいです。わた、私、ミケ様がいい。ミケ様がなんでもくださるというのなら、ミケ様が欲しいんです。ミケ様が、ミケ様だけが……っ!」

ああ、駄目だ。笑ってお別れしようと思っていたのに、涙がこみ上げてくる。

もう無理だった。熱くて仕方のない涙があふれて止まらない。

なんてことを言っているのだろう。あまりにも不遜《ふそん》で、傲慢《ごうまん》で、とんでもないわがままだ。

ミケもまた十二支と同じく神の一柱。裁彦役に封じられた、中津国と環姫役を守る猫神。

それが彼なのだともう知っているのに、それなのにそれでもなお、タマは彼に、自分だけのものになってほしいと願ってしまうのだ。

──でもそれは、願ってはいけない願い。

──叶ってはいけない、わがままなの。

そう解っていたからこそ、あの〝仲直り〟の時に、タマはミケが差し伸べてくれた手を振り払ったのに。

──……わがままは、駄目よ、タマ。

この『タマ』という呼び名とともに、ミケを手放さなくてはならない。それがタマにできる、ミケへの最後の手向《たむ》けなのだ。

だから、と、ごしごしと両手で懸命に涙でぐちゃぐちゃの顔をぬぐって、全身全霊をかけて笑ってみせた。

だって、笑顔でさよならするのだと、決めていたから。

「ごめんなさい、ミケ様。わがままを、言いました。それではぜひ、天神社への推薦状を
……っ!?」

お願いします、と、皆まで言うことは叶わなかった。前触れなく伸びてきた腕に、思い切り抱き竦められたからだ。

ぎゅうぎゅうと顔に押し付けられるのがミケの胸だと遅れて理解して、タマは自分が混乱の坩堝《るつぼ》に叩き落とされたのを感じる。

「え、あ、みけさ……」

「勝手に」

「は、はい？」

「勝手に、俺を、諦めるでないよ」

「え……？」

「タマ。お前さんは、お前さんだけは、俺を諦めないでおくれ。欲しいならば欲しいと手を伸ばしておくれ。俺は必ず、その手を掴んでみせようぞ」

「っ」

なんて酷《ひど》いことを言うのだろう。

そんなことは許されない。許されるはずがない。

それでもなお手を伸ばせと、ミケは言うのだ。

タマがそれでどれだけ苦しむのか、考えなくたってこの人には理解できるだろうに。

——ああでも。

——あなたが、そう言って、くれるのなら。

「私は、タマは、ミケ様が欲しいです」

望むのはあなただけなのだと心からの想いを込めて、ミケの胸にすがりつく。

背中に回された腕の力がより強くなって、彼はそのままぎゅうぎゅうとタマを抱き締めて、「うん」と頷いた。頷いて、くれた。

「ならば俺は何度だって、お前さんに俺のすべてをくれてやろう。そのかわり、お前さんも俺に、お前さんのすべてをくれると約束してくれるかえ？」

なんて甘く恐ろしい言葉だろう。

タマはもともと持っているものなんて数えるほどにもない。だからこそ余計にそれらが大切だった。

けれど。

「最初から、私のすべては、ミケ様のものです」

だってタマにとっていっとう大切なのは、ミケとの思い出であり、ミケへの想いなのだから。

だから最初から、タマのすべては、ミケのものだ。

約束するまでもない当たり前のことだ。

だから、と声を震わせれば、ミケはようやく、タマの顔を見下ろしてくれた。

こちらを見下ろす金色の瞳に浮かぶのは望月。涙にぬれたまんまるのお月様だ。

「なら、もう俺は、お前さんをどこへもやらない。お前さんは、俺がタマと呼んだ唯一の環姫役は、俺だけのものだ」

そう言って今にも涙を流さんばかりに深く甘くとろけるように微笑んだ彼の笑顔の、なんと美しいことか。

「はい。はい、ミケ様」

彼の胸に寄り添って、同じく涙をこらえながら頷きを返す。

不安はない。ただ嬉しくて仕方なくて、どうしようもなく泣きたいだけ。

ミケが笑ってくれたから、嬉しくて泣きたいだけだ。

涙をこらえるタマを片腕に抱き直し、ミケは事の次第をさも面白げに眺めるばかりだった子神へと視線を移動させる。挑むようなまなざしを向けるミケを前にしても、少年の姿をした神の一柱は臆することはない。

「――――ようやっと覚悟を決めたようだね、裁彦よ」

すべてを見通すかのような瞳を細めて、くくっと小さく喉《のど》を鳴らした子神は、そうしてミケの腕の中にいるタマを見つめる。

透き通る瞳にじいと見つめられ、緊張に身を強張《こわば》らせれば、「怖がらなくていいよ」と驚くほど気安く子神は笑った。

「環姫よ。きみは裁彦を選んだ。後悔はないか？　あるいはいずれ後悔することがあるかもしれない。それでもなお、その時もまた、裁彦を選ぶか？」

「……はい。私は、ミケ様がいいです。ミケ様こそを、望みます」

もう迷いはない。何度同じ質問をされたとしても、同じ答えを返す自信がある。

だからこそ強く頷きを返せば、子神は「お熱いことだ」と肩を竦めて、その表情を凛《りん》と引き締めた。

「ならば僕は、選定はなされたと認めよう。これより、すべての環姫役の役目は終わり、いよいよ〝月読〟が降臨される。環姫よ、受け入れよ。そして裁彦、たすき、君達は刮目《かつもく》して見るがいい。僕は十二支の〝始まり〟を司る者にして、〝月読〟を認定する者。新たなる〝始まり〟よ、ここに来れ」

子神が右手を高く掲げる。

その次の瞬間、タマは自身の最奥が熱くなるのを感じた。

は、と息を呑めば、たすきもまたぎゅうと両手を胸の前で握り締めて、戸惑いの表情を浮かべている。彼女もまた、タマと同じ感覚を味わっているのかもしれない。

そしてまばたきののちに、たすきの身体が淡く輝き、やがてふわりと、それこそ月のようにまばゆく輝く球体が、彼女の身体から抜け出てきた。

それはそのまま宙を滑り、驚きに硬直するタマの身体へと吸い込まれていく。

しかも、その月のような球体は、一つではなかった。

大鳥居の向こう、中津国の各地から、いくつもいくつも、数えきれない数のそれが飛んできて、同じようにタマの身体へと吸い込まれ、染みわたっていくのだ。

——わた、し……？

一つ球体を取り込むたびに、身体が根本から作り替えられていく。それは、決して不快な感覚ではない。心地よさすら感じるけれど、だからこそなぜだか無性に不安になる。

そんなタマを、ミケが背後からぎゅうと抱き締めてくれる。それだけで、驚くほど簡単に不安は霧散してしまう。

そうして、最後の一つと思われた球体が、タマの中へと消えて、そして。

「————〝月読の君《きみ》〟。その誕生と降臨を、心よりお祝い申し上げる」

子神が一礼するとともに言い放ったその言葉にタマはぽかんと大口を開けた。

どういうことかとミケを見上げると、彼は嬉しさと気まずさの入り混じった表情でこちらのことを見下ろしている。

ミケ様、と声をかけようとしたのだが、それよりも先に子神の方が口を開いた。

「そもそもね、月読の君……ああ、今はまだ馴染《なじ》みがないだろうから、環姫と呼ぼうか。環姫役とは何たるかを、亥神が明かしてしまったとは、既に僕も裁彦から聞いているよ。環姫役は月読の力のかけらを持つ娘達だけれど、そもそもその本質は、いずれ〝月読の君〟と呼ばれる神の一柱の候補達のことなんだ。御社は十二支のための御殿というよりも、環姫役、ひいては〝月読の君〟のためのものと言った方がふさわしい。まあもちろん十二支が中津国の守護を仰せつかっていることは間違いがないから、御社には二重の意味があると言うべきだけれど……ともかく、ここまではいいかな？」

「は、はい」

「よろしい。ならば、あまたの環姫役達の中から、誰が〝月読の君〟となるか。その条件は解るかい？」

「え、ええと……」

と、言われましても。

情報量の多さにおろおろし始めたタマの頭をなだめるようにミケが撫でてくれるが、今ばかりはそれで落ち着けるわけもない。

結果として首を傾げるばかりのタマをとがめることなく、子神は「そう難しい話ではないよ」と一拍置いてから再び口を開いた。

「〝月読の君〟の選定者は裁彦役。そう、環姫、きみがミケと呼んでいる彼だよ。〝環姫〟と〝裁彦〟。この呼び名こそがその証《あかし》だ。対となるこの呼び名は、そもそも夫婦神として我らが大《おお》御神《みかみ》様がご用意なさったものなのだから」

「えっ」

「裁彦ときたら、選り好みしてちっとも〝月読の君〟を選定しなくてね。そりゃあ自分の花嫁を選ぶのだから慎重になるのも当然だけれど……それにしても、それにしても、ねぇ。認定役の僕としてはなかなかに気をもませてもらったものだけれど、ああ、これで肩の荷が下りた。裁彦よ、よき娘御を選んだね」

「当たり前さね」

「み、ミケ様……」

ここぞとばかりに胸を張ってフンと鼻を鳴らすミケに、タマはひやひやしながらも、必死に考えを巡らせていた。

つまりのつまるところ、環姫役は時を司る〝月読の君〟という神の候補であり、その選定を行い、自らの花嫁として迎えるのが裁彦役であるミケの役目であると。

そしてその〝月読の君〟、ミケの花嫁に、この自分が……と、そこまで考えて、タマは一気に顔を赤らめた。

――私がミケ様のお嫁様……!?

まだ気を抜けば混乱にめまいがしそうだけれど、それよりもただその事実がなんとも嬉しく面映《おもは》ゆくて、タマは自分の腰に回されているミケの手に自らの手をそっと重ねた。

自然と指を絡ませてくれる彼の反応が嬉しくて、えへへ、と子供のように笑ってしまう。

そんなタマとミケのやりとりを微笑ましげに見つめていた子神は、「さて」と、事の次第をもう言葉もなく見つめるばかりでいるしかなかった幼い少女へと向けた。

突然向けられた視線に肩を揺らすたすきに、子神は優しく笑いかけ、「たすきよ」とそっとささやく。

「たすき、これできみには選択肢が与えられることになった」

「せ、選択肢、に、ございますか?」

「そう。〝月読の君〟が降臨されたことで、もはや御社には環姫役の存在は不要になった。もちろん、たすき役もね。〝月読の君〟こそが、今後中津国に時の流れを導き、高天原と中津国を繋ぐ役目を担うことになる」

「……!」

たすきの元より大きな瞳が、ますます大きくなる。

あ、と小さくこぼれた声はかすれていて、それはそのまま彼女が受けた衝撃を表していた。

「だからこそ、きみは選ぶことができるんだ。この場で中津国に帰還するか。あるいはこのまま、月読の君と裁彦とともに、御社に残るかを」

それは、生まれて間もなく〝たすき役〟として生きることを定められ、次代の〝環姫役〟となることを当然のこととして生きてきた、わずか八歳になったばかりの少女には、あまりにも酷な選択であるに違いなかった。

たすきは何も言わない。ただそこに呆然と立ちすくんでいる。泣きもせず、怒りもせず、ただそこに立っているだけだ。

だからこそ余計に彼女の絶望が伝わってくる気がしてならなくて、タマは全身が震えるような思いだった。

——だってたすきさんは、そのために。

——次代の環姫役になるためだけに、生きてきたのに。

その未来を奪ってしまったのは、タマなのだ。

タマのわがままで、たすきが目指し続けてきた未来を奪ってしまった、その途方もない罪深さに圧し潰されそうになる。

だが、一番辛《つら》いのはタマではなくたすきだ。

どうしよう。どうすれば。

そう震えるタマからそっと離れたミケが、ぽん、と背を押してくれる。

——ああ、そうですね。

——そうですとも、ミケ様。

たったそれだけで、タマは自分がすべきことを見つけられた。

ためらうことなく足を踏み出し、うつむいて両手を握り締めているたすきをぎゅうと抱き締める。

びくりと震えた身体は小さく頼りなく、だからこそいとおしく、守りたいものだった。

「たすきさん」

「なん、で、ございましょう、か」

「あなたがどちらを選んだとしても、私は、あなたのことをね、勝手になのだけれど、家族だと思っているの。かわいい妹だと、そう、勝手にね」

「っ」

「あなたからあなたの定められていた未来を奪ってしまった私が言ってはいけないことなのだろうけれど、たすきさん。あなたは、あなたが選びたい未来を選んで。どうか、後悔しない選択を」

だいすきよ、とその耳元でささやけば、ぶるりと大きくたすきの身体が震えた。

そのまま小刻みに震え出した小さな身体と、ぐすっと鼻を鳴らす音。

たすきは小さな手でタマにすがりつき、「わたくしは」とかぼそい声を紡いだ。

「たすき役として生きてきて、次代の環姫役を目指してまいりました。それ以外に、わたくしに意味も価値もないと、そう思っておりました」

「……そう」

「でも、わたくしには、他の意味と価値があると、そう環姫様はおっしゃるのですか?」

なにもない、わたくしに?

そう、迷子になってしまったかのように頼りなく唇を震わせるたすきをなおさら強く抱き締めて、タマは深く頷いた。

「たすきさんは私の家族よ。大好きで、大切で、かわいくて、いとおしくてならない子だわ。それだけでは駄目かしら?」

「っだめ、じゃ、ないです……っ!」

ぐしゃりとたすきの顔が歪《ゆが》み、ぼろりと大粒の涙がこぼれ落ちる。

その涙をぬぐってあげると、自らたすきは顔をごしごしとぬぐって、きりりと表情を引き締め、タマの腕から抜け出して、子神へと向き直った。

「どの道、今この場でわたくしが中津国に……天神社に帰ったとしても、わたくしに居場所はございませぬ。でも、だから、というわけではなく、わたくしはわたくしの意思で、環姫様と一緒にいたいのです。環姫様と、その、家族に、なりたい、です」

懸命に紡がれたその言葉に、子神は穏やかに笑って頷いた。

「その選択を祝福しよう。天神社には僕からうまく伝えておくよ。十二年後、僕はまた同じ問いをきみにかけるだろう。これからのひとめぐりで、たすき、きみは自分の未来を選びなさい」

その言葉を最後に、二人の娘の運命が、この夜、一変したのだった。

終章　あさきゆめみし　ゑいもせす

――――かくして、そういう運びとなり。

とうの昔に日が暮れて、月が輝く夜である。

時不知山《ときしらぬやま》が御社。その中央の間の縁側で、幼い声が愛らしくさえずっている。

「ひの、ふの、みぃのっ！　よぉ、いつ、む……きゃっ!?」

もみじのような幼い手から、ぽろぽろとお手玉がこぼれ落ちる。一つだけ大きく放り投げられたお手玉が、ぽて、と、自らの顔に落ちてきたたすきが悲鳴を上げる。

紅潮した頬《ほお》をぷっくりと膨らませて、親の仇《かたき》のようにぎゅううっと力いっぱいお手玉を握り締める少女の姿に、お手玉を彼女に伝授しているタマも、その様子を見守るミケも子神《ねのかみ》も、ついつい声を上げて笑ってしまった。

「わ、笑わないでくださいまし！　わたくしはこんなものではございませぬ、今に見ていてくださいましね！」

気恥ずかしさのあまりだろう。涙を浮かべてキッとにらみ付けてくるたすきの姿は、八歳の年相応の少女そのもので、それが嬉《うれ》しくてタマはもっと笑ってしまう。「月読様《つくよみ》！」と抗議の声を上げるたすきの頭に手を伸ばし、そのすべらかな髪を撫《な》でながら、タマは「ごめんなさい」と笑いながら口を開いた。

「だって、あんまりにもたすきさんがかわいいんだもの。そうね、たすきさんならお手玉だって、けん玉だって、独楽《こま》回しだって……ええ、そうよ、どんな遊びだってすぐに上手になるわ」

「ええ、そうですとも！　だから月読様は、ちゃあんとわたくしに教えてくださらなくては駄目なのです！」

「もちろん、喜んで」

「はい！」

タマのことを、〝環姫〟ではなく〝月読〟とたすきが呼ぶようになってから、十日が経過した。そう、永く永く受け継がれてきた、中津国《なかつくに》と高天原《たかまがはら》を繋《つな》ぐ御社の仕組みが塗り替えられ、タマが〝月読の君〟という名目の、実質的なミケの花嫁として認定されてから、十日もの期間が経過したのだ。

対外的には〝先代環姫役〟として、タマはこの時不知山を下山するはずだった。ふもとの天神社では、タマを出迎える準備が整っていたのだという。だが、そうはならなかった。〝先代環姫役〟が時不知山より帰還せず、かといって当代たすき役として育てられた少女もまた同様に中津国に帰還しなかったことについて、天神社ではさまざまな憶測が飛び交ったらしい。

数えきれないほどの質問状が届き、タマは「どう説明したら……!?」と頭を抱えた。ミケは「気にせんでええよ」と言ったけれど、そういうわけにはいかないだろう。

これは今まで秘匿されてきた環姫役や裁彦役の役目から説明するところから始めなくてはいけないのだろうか、とかなり悩んだのだが、結局その悩みは、子神が代表して天神社に「大事ない」という通達を送ることで解消されてしまった。

たすき役、環姫役の管理を担う天神社にとっては何もかもが『大事』なのだが、現在の御社の主人である十二支自らの筆による通達に対して、天神社は理解はできずとも納得するより他はなかったようだった。

──何もかもいずれ、時が解決してくれるよ。

──中津国とは、そういう国であるのだから。

涼しい顔で肩を竦《すく》める子神と、訳知り顔で頷《うなず》くミケに、タマはたすきと顔を見合わせて、「そういうものなのかも?」と、天神社と同じように理解できずとも納得せざるを得なかった。

そうして御社には、新たな日常が訪れた。

「たすき、貸してごらん。きみは手元ばかりを見ているから次に繋げられないんだよ。ほら、宙に浮いている方の玉を見るんだ」

こんな風に、と、子神が五つものお手玉を軽々と操ってみせると、たすきの黒瞳《こくとう》がきらきらと輝いた。たすき役としてなんでもそつなくこなす少女は、子供が好む遊びに関してはそうはいかないことを知ったのは、つい先日の話だ。

たすきが子神の助言を基に、果敢にお手玉を二つから三つに増やす。真剣な顔で見事三つのお手玉を操り始めたたすきの姿に、タマは心からの拍手を送った。

今日《きょう》も今日とて、既にとっぷりと日が暮れてもなお、児戯《じぎ》に興じることが許された、穏やかな日々。こんな夢のような毎日が約束されたことについては、正直いまだに信じがたい部分がある。

――本当に、夢みたい。

願い事が、何もかも叶《かな》ってしまった。純粋に喜べばいいだけの話なのに、あまりにも幸せすぎて不安になってくる。そんなタマのぜいたくな悩みは、お手玉に集中しているたすきには気付かれなかったが、残りの二柱の男神にはそうはいかなかったらしい。ちらりと子神の視線が動く。その先にいるのは、少し離れたところで柱にもたれて座り込みながら、ちびちびと酒を口に運んでいたミケだ。

子神の一瞥《いちべつ》を受けて、ミケは軽やかに立ち上がり、そのままの勢いでひょいっとタマを背後から抱き上げた。

「ひゃっ!?　み、ミケ様!?」

「落とさんから安心しぃ。たすき、ちょいとタマを借りてくぜ」

「こら、僕にも許可を取るべきじゃないかい？」

「それこそ冗談さね。たすき、あまり夜更かしするでないよ」

「解っておりますわ」

打てば響くような会話を最後に、タマの困惑も何のその。ミケはタマを抱えたまま、たすきの数え歌ももう聞こえない、中庭の奥へとさっさとその足を向けてしまった。

そう、となれば当然、二人きり、だ。

〝月読〟の証だと用意され、頭上に常に頂くことになった天冠の重みを、不意につぶさに感じた。月光を弾いて輝くそれをまぶしげに見つめてくるミケに、無性に気恥ずかしくなる。

――ああ、月が。

とても綺麗だと、何故だかそう思った。その月明りだけが頼りになる美しい庭園の片隅で、タマはようやく彼に地に降ろされる。

何から話せばいいのか解らないからこそずっと沈黙が続いているけれど、その沈黙が不快なわけではない。

とはいえ、いつまでも黙りこくっているままではいられないことも確かである。よし、と意を決して、タマは月を見上げているミケを見つめた。

「ミケ様、あの……くしゅっ！」

呼びかけようとしていきなり失敗してしまった。飛び出したくしゃみに忘れていた真冬の寒さを思い出す。何か羽織ってくるべきだったと後悔したタマだが、そんなタマを、ミケがぐいと引っ張って、自らの胸元に寄せ、そのまま自身の外套《がいとう》で包み込んでくれる。

「ぬくかろ？」

「……はい」

得意げに至近距離で笑いかけられて、タマは顔を赤らめながらも頷きを返した。

どくどくと聞こえる鼓動の音。

それが自分のものなのか、ミケのものなのか、判別がつかないほどに密着している。あたたかくて心地よくて、うっかり眠ってしまいそうなくらいだ。

けれどそうしてその甘い感覚に浸っていられたのはわずかな間だった。ミケの、複雑そうにこちらを見下ろすその視線に気付いたからだ。

どうかしたのかと視線で問いかければ、彼は「あー」だとか、「うーん」だとか、要領を得ない唸《うな》り声を上げてから、やがて意を決したようにタマをじっと見下ろした。

「後悔はないかえ？」

「……何に対してですか？」

「月読の君と呼ばれる存在になったことさね。これでお前さんは、只人としてのことわりから外れ、神としての永遠の命を授かったことになる。お前さんはこれでずーっと、俺《おれ》のもんになっちまったってわけよ。後悔しても遅いし、そもそも俺はもうお前さんを手放す気なんか毛頭ないからまあどうしようもないんだが……それでも、一応、聞いておこうかと思ってねぇ」

それは随分と今更な質問である気がした。だってもう、十日も経《た》っているのに。それなのになお問いかけてきたのは、ミケがタマのぜいたくな悩みに気付いてくれたからなのだろう。そんな彼との明日《あす》が約束されていることをもう一度かみ締めると、やはり自分の悩みはぜいたくすぎるものであって……と、そこまで思ってから、タマははたと気が付いてしまった。

「……………あの、もしかしてですけれど」

「うん？」

「鳥居前町に下りた時に私がかどわかしに遭ったのとか、亥神様にさらわれたのとか、もしかしてミケ様、わざと見逃されたのですか？」

その問いかけに、ミケは無言で視線だけ横に逸《そ》らした。沈黙こそが何よりの肯定である。

そう、考えてみれば違和感は常にあった。

ミケはいつだってタマを守ってくれる。助けてくれる。それは裁彦役として環姫役に対する責務であるから、という理由はあるのだろう。だが、なればこそ、事が起こってから助けに来る、というのはどうにもおかしい。納得できない。

ミケならば、事が起こる前に解決できたに違いないという確信がある。それくらいはできるお方なのだと、この十二年でタマはよくよく思い知らされている。その上で、タマが危機に陥るのを看過したのは。

「あんな風に試さなくたって、私、ちゃんとミケ様のおそばにいますよ。だって約束したじゃないですか」

「……でも、お前さん、一度は俺を振って、その約束を反故《ほご》にしようとしたやろ」

「それはその、ええと……ごめんなさい！」

拗《す》ねたような青年の口ぶりに、ぱんっと打ち鳴らすように手のひらを合わせて頭を下げる。

その辺を突っ込まれると、ミケを責めるばかりではいられない。いや、元より責めるつもりはないのだが。

「ミケ様、この件もお互い、おあいこということにしていただけると嬉しいのですが」

「…………そうやねぇ、まあお互い、赦《ゆる》し合うことにしよか。でも、忘れたらあかんよ」

「はい、お互いに」

ふふふ、と二人で笑い合う。

そう、赦し合おう。けれど、忘れない。目の前の青年にあんな行動をさせたことも、自分が彼の手を放そうとしたことも。どちらも間違った行動だったけれど、だからこその今があるのだと、そう思えるから。

――だからもう、私は後悔なんてしないし、したくないの。

そう内心で呟《つぶや》きながら、そっとミケのかんばせに両手を伸ばし、その頰を包み込む。

「永遠の命、上等ですとも。だってこれで、今度こそ本当に約束がはたせます。ずっと、ずぅっと、ミケ様が嫌だって言ったって、私、ミケ様のおそばにいますからね。ミケ様こそ後悔しないでくださいね？」

お解りですか？　と強気に笑ってみせると、不意打ちを食らったように目を瞠《みは》ってから、ミケもまた楽しそうに笑い返してきた。

「そりゃあ頼もしいねぇ」

「ええ、そうでしょう？」

「ああ、そうだとも。そうさなぁ」

一つの外套の中で寄り添い合って笑い合うだけで、こんなにも幸せになれるのか。

すごいことだわ、と内心でタマが感動していると、「タマ」とミケに呼ばれる。彼の頬にあてがっていた両手を下ろして「はい」と答えれば、彼は珍しく大真面目《おおまじめ》な顔になって、こちらのことを見つめている。

「名前」

「え？」

「名前を、聞いてもいいかえ？　お前さんの、本当の名前。真名と呼ばれる、魂の名を」

それは時不知山では口にすることを禁じられた単語だ。

神々に隠されてしまわぬように、環姫役は誰もが自身の真名を秘匿してきた。

でも、もう自分にはそんなことは関係ない。だってミケに隠されるならば、むしろ嬉しいと思えるから。

だから。


「かぐや」


タマはそっとささやいた。

かぐや、と吐息交じりの声で反芻《はんすう》しかみ締めるミケに、タマは頷いて繰り返す。

「私の真名は、かぐやです。ミケ様のお嫁様の名前ですよ、間違えたり忘れたりしないでください ね」

気恥ずかしさゆえについ冗談めかしてそう続けると、ミケは心外だと言いたげに片眉《かたまゆ》を器用につり上げた。

「俺の月の姫君の名を、どうして間違えたり忘れたりするかね。ああでも、そうか、かぐや。かぐやか」

よき名よ、と心から称《たた》えてくれるミケに、タマは「だったら」と笑いかけた。

そう、自分だけが名乗るのは公平ではない。タマが〝かぐや〟と名乗ったならば。

「ミケ様のお名前は?」

「うん? ミケさね」

「そうではなくて、もう、ミケ様の、その、真名を私も教えてほしくて……」

「だから、ミケ」

「……ええと？」

「ミケ。満つる華、と書いて、満華。それが俺の真名よ」

「え、えええええええ？」

つまり、自分は、ずっとミケ……満華のことを、真名で呼び続けていたということだろうか。

そこにある意図がちっとも解らず、首を傾げて疑問符を飛ばすタマ、もといかぐやに、満華はくつくつと喉《のど》を鳴らして、こつん、とかぐやの額に自らの額を押し当ててきた。

「初めてだったぜ。この俺のことをさみしがり扱いした不遜《ふそん》な娘は」

「あ、そ、れは、申し訳ありませ……」

「いーや、謝るこたぁないね。なにせ俺は、非常に不本意ながらも、それを嬉しいと思っちまったんだからさ」

だからいいのだと語るミケの表情はとろけるように甘く、そして何よりも嬉しげだった。

「お前さんがいいと思った。お前さんでなければ駄目だと思った。そりゃあ泣いてばかりの餓《が》鬼《き》に何をという話だが……仕方あるまいよ。これが年を経るごとに厄介になっていく質の悪い不治の病ときたら、もう諦めざるを得なかったえ」

「それ、は」

「だからお前さんを〝ダマ〟と呼び続けた。神々の希望、いずれ月という名の尊き〝珠〟を抱く娘と。はは、俺の目に狂いはなかったってことさね」

くつくつと喉を鳴らす振動が伝わってくる。

心地よく気恥ずかしく、何よりも嬉しくて、かぐやは思わず笑う。

その唇に、ちゅ、と軽く触れたのは、他ならぬ満華の唇だ。

「み、満華様!?」

「うんうんよきよき。よき反応だねぇ、かぐや」

「っも、もっと、ちゃんとした感じで口付けしたかったのに……! さ、三回も、三回もなんだかなあなあになっちゃって」

「おや、一回目と二回目も覚えておいでかい?」

「当たり前です!」

「そうかいそうかい。なら」

にんまり、とミケが笑う。

弧を描いた唇に、あ、と思う間もなく、今度こそ本当に唇を奪われる。

深く、深く、言葉も吐息もすべて奪われて、あまりの甘さにめまいすら感じ始めた頃になってようやく、本当にようやく、満華の唇が離れていく。

「み、みけさま……っ」

「はは、ふ、いい顔だ。続きはまた、ゆっくりとしようかね」

「〜〜〜っ！」

楽しみだねぇと楽しそうに笑う満華を見上げて、どうしようもなく悔しくなる。けれどそれ以上に自分まで楽しくなって、嬉しくなってしまって、もうやっぱりどうしようもなくなってしまって、かぐやは声を上げて笑った。

そんなかぐやをまたひょいと抱き上げて、くるくると満華が踊るように回る。


――ちりん。

――ちりりんっ。


二つの涼やかな鈴の音とともに、軽やかな笑い声もまた二つ重なる。

それは新たな御社の始まりを彩るにふさわしい、祝の歌だった。

あとがき

もしかしたらはじめまして、あるいは改めましてこんにちは。中村朱里です。

このたびは『初春神嫁噺　舞姫は十二支様のおもてなし役』をお手に取ってくださり、誠にありがとうございます。

二度目の挑戦となった和風ファンタジー、大変楽しく書かせていただきました。ちょうど発売日が新年の始まりである一月であることに合わせて、年末年始を舞台にしたお話となりましたが、いかがでしたでしょうか。

ノズ先生による麗しいカラーや挿絵の数々に何度も見惚れ、最後の挿絵を拝見したときにはスタンディングオベーション！　そして本文についてはもちろんのこと、タイトル決定に至るまで、担当さんには本当にお世話になりました……！

当作品完成に至るまで、ご協力くださったすべての皆様に心からの感謝を込めて。

『初春神嫁噺』が、読んでくださった方に、より素敵な新年をお届けできる作品になれていましたら、心から光栄に思います。

二〇二四年十二月某日　中村朱里

【巻末特別本編後日談『初顔を祝う』】

御社が新たなる時代を迎えて数日。今年の御社の〝主人〟である子神がにこやかに見守る先で、齢八つを迎えたばかりのあどけない少女が、その手に余る木槌を持って、勇ましく唇を引き結んでいた。

「たすきさん、そんなに緊張しなくても大丈夫よ？　思い切り、『えいや！』でいいの。失敗なんてしようもないし、そもそも鏡開きに失敗も何もな……」

「いいえ！　此度は月読様が〝月読様〟となられて初の儀式にございます。いくら気合いを入れても入れすぎということにはなりませぬ」

ふんすふんすと気合いたっぷり、木槌の柄をぎゅうと握り締め、たすきはいざ、とばかりに目の前の大きな餅のかたまりをにらみ付ける。まるで親の仇でも見るかのようなまなざしに、月読の君……つい先日までは只人でしかなかったはずの、今となっては唯一無二の女神となった娘は困ったように苦笑した。

見事な玄の髪は豊かに背に流れ、その頭上に頂く天冠は陽の光をきらびやかに弾き、今日は特別だからと紅の刷かれた唇はつややかに彩られている。とうとうこらえきれなくなったらしい彼女が笑い出せば、たすきは顔を赤らめて頬をふくらませた。

「ふふ、ミケ様に感謝しなくちゃね」

「おん。せやろ？」

娘達のやりとりを、ご満悦の笑みで見守っていた裁彦役たる男神が得意げに胸を張る。彼は、持ち主の了承を得ないまま、鏡台の前に勝手に鏡餅を供えていたのだとか。だからこそこうして鏡開きを行うことになり、月読もたすきも嬉しげにしているが、子神としては若干物申したくなるところがないわけではないどころの騒ぎではない。

——我儘、身勝手、理不尽、野放図、我田引水……あとは、何だろうね？

穏やかな笑みの下で挙げ連ねながら、子神は誰にも気付かれない溜息をこぼした。

——あの女童が、よくぞ、ここまで。

少女の頭を白無垢の袖から覗く華奢な手が優しく撫でる。ただそれだけで、匂い立つようなうつくしさに目がくらむ。まばゆさに思わず目をすがめると、ふと視線を感じた。視線だけでそちらを見遣れば、険を宿した金色の瞳が、じぃとこちらをにらみ据えている。おやおや怖い怖い、と子神はつい肩を竦めた。

——そんなに牽制しなくとも、僕まで亥神の二の舞いになるとお思いかな？

とりあえず少なくとも今はまだその気はない。だが、今後どうなるかは解らない。

——そう、月読の君が導く未来は、誰にも予想しえぬものなのだから。

だからこそ子神は「覚悟しとけや」という気持ちを込めてにっこりと裁彦に笑い返す。途端により一層殺気立つ、成就したばかりの初恋に踊らされている愚かな男の姿にぷはっと吹き出せば、鏡餅が盛大に開かれる音が、御社に響き渡ったのだった。

IRIS ICHIJINSHA　迅 ICHIJINSHA

初春神嫁噺《はつはるかみよめばなし》
舞姫《まいひめ》は十二支様《じゅうにしさま》のおもてなし役《やく》

2025年２月１日　初版発行

著　者■中村朱里
発行者■野内雅宏
発行所■株式会社一迅社
〒160-0022
東京都新宿区新宿3-1-13
京王新宿追分ビル5F
電話03-5312-7432（編集）
電話03-5312-6150（販売）
発売元：株式会社講談社
（講談社・一迅社）

印刷所・製本■大日本印刷株式会社
ＤＴＰ■株式会社三協美術

装　幀■今村奈緒美

ISBN978-4-7580-9701-7

●この作品はフィクションです。実際の人物・団体・事件などには関係ありません。

この本を読んでのご意見
ご感想などをお寄せください。

おたよりの宛て先

〒160-0022
東京都新宿区新宿3-1-13
京王新宿追分ビル5F
株式会社一迅社　ノベル編集部
中村朱里《なかむらしゅり》先生・ノズ先生